O SEGREDO ESPACIAL

Thais De Lucca Rocha

O SEGREDO ESPACIAL

Prata

São Paulo, 2015

Editor-Chefe: Eduardo Infante
Revisão de Texto: Maria Cristina De Lucca
Projeto Gráfico: Julio Portellada
Diagramação: Estúdio Kenosis

ISBN: 978-85-86307-64-5

Dados Internacionais de Catalogação na Publicação (CIP)
(Câmara Brasileira do Livro, SP, Brasil)

Rocha, Thais de Lucca
O segredo espacial / Thais de Lucca Rocha. --
São Paulo : Prata Editora, 2015.

1. Ficção científica brasileira I. Título.

15-07200 CDD-869.308762

Índices para catálogo sistemático:

1. Ficção científica : Literatura brasileira
869.308762

Prata Editora e Distribuidora
www.prataeditora.com.br
facebook/prata editora

Impresso no Brasil/*Printed in Brasil*

Agradeço a Deus por mais esta conquista, a qual dedico, com todo o carinho, aos meus amores: meus filhos Davi, Pietra e Laís; meu marido Felipe; e meus pais…

Sumário

CAPÍTULO I
A Grande Recepção – Parte I 9

CAPÍTULO II
Férias da *Star Academy* 15

CAPÍTULO III
Os Convites dos Escolhidos 19

CAPÍTULO IV
A Hora do Embarque 29

CAPÍTULO V
A Grande Recepção – Parte II 33

CAPÍTULO VI
Conhecendo os Escolhidos 37

CAPÍTULO VII
O Plano de Ação 47

CAPÍTULO VIII
Preparação e Assimilação do Plano pelos Escolhidos 51

CAPÍTULO IX
O Início das Atividades 59

CAPÍTULO X
A Construção da Nave Espacial 63

CAPÍTULO XI
O Teste 71

CAPÍTULO XII
Momentos que Antecederam a Partida 77

CAPÍTULO XIII
A Partida 85

CAPÍTULO XIV
Nem Tudo São Flores 89

CAPÍTULO XV
A Procura das Coordenadas de Scotty 93

CAPÍTULO XVI
A Chegada da Serpentire no Ponto Piscante do Radar 99

CAPÍTULO XVII
Pisando no Planeta Desconhecido 103

CAPÍTULO XVIII
Conhecendo o Planeta *Verum* 109

CAPÍTULO XIX
Experimentando as Novidades 117

CAPÍTULO XX
Conhecendo Outros Verumeanos 125

CAPÍTULO XXI
A Hora das Decisões 131

CAPÍTULO XXII
O Desligamento Definitivo 141

CAPÍTULO XXIII
Fazendo Compras em *Verum* *145*

CAPÍTULO XXIV
A Notícia da Suposta Tragédia 155

CAPÍTULO XXV
Os Dias Seguintes de uma Nova Vida 157

CAPÍTULO XXVI
Uma Conversa Pré-Nupcial Surpresa em Família 161

CAPÍTULO XXVII
Dois Casamentos Extraterrestres 165

CAPÍTULO I

A Grande Recepção

Parte I

No exótico e suntuoso Palácio das Orquídeas, no Planalto Central Brasileiro, no início da tarde do dia 22 de dezembro de 2014, finalmente, Jake, Flora, Gordon, Nuno, Miguel, Greta e Emma chegaram, sem saber, ao seu destino...

Após uma longa viagem, em luxuosas Limousines pretas, de suas casas até os hangares, onde embarcaram em fascinantes voos até o referido palácio, os sete convidados chegaram extremamente curiosos...

Os jovens foram recebidos por uma equipe de mordomos, trajados em belos uniformes, e posicionados em uma extensa mesa, com lugares reservados, tendo sido os nomes marcados em placas nas cores favoritas de cada um.

Jake sentou-se, então, diante da placa azul, ao lado de Flora, cujo nome estava em uma placa de cores metálicas, seguida por Gordon com a placa branca. Do outro lado da mesa, Nuno com sua placa verde, ao lado de Miguel com a vermelha, seguido por Emma com a placa rosa e, finalmente, Greta com a amarela, permanecendo vazias as cabeceiras da mesa, sem nenhuma indicação de quem seriam seus ocupantes.

Enquanto aguardavam a chegada dos anfitriões, começaram a se apresentar.

Não demorou muito para Gordon olhar para Emma e começar a cantar:

— *GO GO Power Rangers*... — descontraindo o clima tenso que pairava no ar...Todos riram em coro...(Para aqueles que não sabem, Emma é o nome da *ranger* rosa, no seriado de TV infantojuvenil chamado *Power Ranger Magaforce*).

Pouco tempo depois, dois homens desceram as escadarias do palácio em direção à mesa em que estavam os convidados e os cumprimentaram, um a um, com forte aperto de mão, exceto por um deles que ganhou afetuoso abraço de Flora, que gritou surpresa e feliz ao vê-lo:

— Professor!!!

Ninguém estava entendendo absolutamente nada...Até que o outro homem, após dar-lhes as boas vindas, começou a esclarecer as coisas, informando-os que todos são membros da *Star Academy*.

Com muita emoção, os sete se entreolharam e sorriram... Uma imensa excitação tomou conta daqueles jovens que ficaram ainda mais curiosos e empolgados.

A *Star Academy* é uma misteriosa Academia Estelar, fundada por três irmãos, descendentes de uma família muito abastada: o mais velho, Scotty, que trabalha na NASA - *National Aeronautics and Space Administration*, ou seja, Administração Nacional da Aeronáutica e do Espaço; o irmão do meio, Heitor, que é engenheiro, professor e administrador de empresas, hiper-rico e bem sucedido; e o caçula, Nico, tido como o ovelha negra da família, que dá um duro danado, como corretor de imóveis.

Os três irmãos, loucos pelo espaço, fundaram, em 2010, a *Star Academy* - Academia Espacial, cujo *slogan* já faz um trocadilho da necessidade de ser ESPECIAL para alcançar o ESPACIAL...

A Academia foi fundada para formar os melhores profissionais em diversas áreas atreladas às necessidades espaciais, tais como pilotos (para pilotarem uma nave espacial), médicos (para cuidarem de terráqueos que fiquem eventualmente doentes em missões espaciais), engenheiros (para construírem naves espaciais), físicos e assim por diante. Advogados são desnecessários, o Direito não faz parte da grade escolar; não há conflitos para serem dirimidos no espaço, pelo menos por enquanto...

Nos primeiros 5 anos, a Academia preparará, basicamente, todos os alunos da mesma forma, para todas as funções (engenheiro, médico, piloto, físico etc — os 20 membros entenderão razoavelmente de tudo), todavia, na especialização, cada aluno se aprofundará na área de sua preferência ou de sua maior eficiência. Serão mais 5 anos de especialização.

Trata-se de um experimento com o objetivo de oportunizar um estudo completo e complexo, oferecendo vasta gama de conhecimento aos selecionados. Foram criadas somente 20 vagas. A formatura ocorrerá em 10 anos (a primeira e única leva teve início em março/2011, com a formatura prevista para dezembro/2021), e somente aí haverá um segundo processo seletivo para a *Star Academy*, dependendo do rumo que as coisas tomarem.

O processo seletivo foi intenso e hiperdifícil. Foram inúmeras as inscrições (vários inscritos sequer fizeram as provas, foram barrados em uma pré-seleção), muitos queriam ingressar na *Star Academy*, mas apenas os 20 melhores candidatos conseguiram. Foram submetidos a diversas provas práticas, teóricas e de resistência.

Os 20 adolescentes, com 18 anos no mínimo, absolutamente dedicados e diferenciados, que alcançaram o objetivo, iniciaram suas aulas em março/2011 e ficaram reclusos na Academia, que fica em Colossus/CO (Cidade/Estado brasileiros fictícios) até dezembro/2011, quando voltaram para suas casas para passarem as férias, retornando para a Academia em março do ano seguinte, e assim sucessivamente.

A grande peculiaridade é que nunca foi divulgada a lista dos aprovados e, dentro da Academia, todos ficam reclusos com seus respectivos professores, com aulas particulares. Há uma grade de horários estabelecida de forma que os alunos nunca se esbarrem. Na prática, é como se cada um dos vinte membros ocupasse sozinho um hotel.

Imaginem a *Star Academy* como um complexo gigantesco de 20 hotéis.

Cada aluno em um hotel, em luxuosos apartamentos, laboratórios, salas de aula, oficinas, hospitais; enfim, todo o equipamento necessário para o aprendizado, além de saunas, piscinas, quadras e até cinemas para os momentos de lazer...Uma vida confinada, porém confortável e interessante...

A entrada em cada setor é feita por meio de leitura das retinas e uso de digitais.

As equipes de limpeza, comida e manutenção circulam em horários alternativos, e as grades de horários sempre são rigorosamente observadas pelos donos, professores, empregados e alunos para todas as áreas do complexo. Dessa forma, até o presente momento, o segredo da identidade dos alunos permaneceu inviolado, como pretendiam os empreendedores do projeto, cujo rosto jamais havia sido revelado para os membros da Academia, com uma ressalva, que vocês verão adiante...

Com efeito, os sete convidados daquela misteriosa recepção eram membros da *Star Academy,* mas, essa, era a primeira vez que se viam...

Os anfitriões do jantar eram os irmãos Oliveira, donos da *Star Academy.*

O mais velho, Scotty (que trabalha na NASA), continua nos Estados Unidos e não veio para a recepção no Brasil. O irmão do meio, Heitor, engenheiro e professor da Flora (de E2 - Engenharia Espacial) na *Star Academy*, que por ela foi calorosamente abraçado, sentou-se em uma das cabeceiras da mesa. O irmão caçula, Nico, o corretor de imóveis, sentou-se na outra cabeceira da mesa.

A única exceção, da qual falei anteriormente, consiste no fato de que Flora já conhecia Heitor, seu professor. Todavia, sequer imaginava que ele era um dos três irmãos Oliveira, donos da Academia.

Antes de a reunião continuar, "uma onda" de comidas invadiu aquela mesa: de feijoada a sushi e Big Mac, todas as comidas preferidas daqueles sete alunos estavam sobre a mesa.

Nico, então, falou:

— Sirvam-se à vontade, e, enquanto vocês se deliciam, contarei a razão pela qual vocês foram convidados para estar aqui...

CAPÍTULO II

Férias da *Star Academy*

Antes de revelar o motivo da grande recepção, vamos voltar ao momento em que os sete convidados deixaram o grande complexo e retornaram para suas casas.

Após um longo ano de aulas maçantes, provas práticas e teóricas os membros da *Star Academy*, finalmente, teriam o merecidíssimo descanso...

Todos, como de praxe, retornaram aos seus lares para passar o Natal, o Réveillon e as férias completas com suas respectivas famílias, como faziam desde que ingressaram na Academia Estelar.

Assim, viajando pelo Brasil, deixaram a Academia em Colossus/CO, tendo Jake voltado para Pelotas/RS, Flora para São Paulo/SP, Gordon para Juazeiro do Norte/CE, Nuno para Niterói/RJ, Miguel para Pintópolis/MG, Greta para Amaralina/GO e Emma para Plácido de Castro/AC.

Com muita alegria, Jake foi recebido por seus pais, suas quatro irmãs mais velhas e seus respectivos "agregados" (namorados), como ele os chamava.

Flora, com a mesma alegria, foi recepcionada por seus pais, sua avó materna e a sua fauna (sete peixes, cinco gatos, três cachorros, dois passarinhos e um hamster).

Gordon foi acolhido com deliciosa feijoada, repleta de *bacon* (sem couve e sem laranja), *milkshake* de caramelo, bolos, doces e com muita alegria, por seus pais e seus cinco irmãos.

Nuno, igualmente (com alegria, mas sem a feijoada...), reencontrou seus pais e sua irmãzinha.

Miguel foi recebido por seus pais e "seu espelho", digo por seus pais e seu irmão gêmeo (univitelino), com a mesma felicidade.

Greta, com idêntico júbilo, encontrou novamente seus pais, sua irmã mais velha e o irmão mais novo.

Finalmente Emma, radiante, foi recepcionada por seus pais e pelas irmãs caçulas.

Todos os membros da *Star Academy* estavam felizes e em festa, prontos para gozarem as férias, descansando, curtindo e divertindo-se com quem mais gostam...

Dormiram como anjos!!!

Na manhã seguinte, como de praxe, Jake foi calmamente caminhando até a padaria da esquina, quando algo muito diferente lhe chamou a atenção...Havia uma Limousine preta estacionada em seu trajeto. Ora, quem vem comprar cacetinhos de Limousine? Para aqueles que não sabem, cacetinho, no Rio Grande do Sul, é o mesmo que pão francês.

Flora, como de costume, passou na Igreja Nossa Senhora do Brasil, para fazer a sua oração matinal, quando uma Limousine preta estacionada próximo à igreja lhe chamou a atenção...Tudo bem que muitas noivas chegam em Limousines pretas para se casar, mas seria, no mínimo improvável, isso acontecer às 7 horas da manhã de uma quinta-feira.

Gordon foi chamar Choquito, seu amigo e vizinho para pilotarem o Albatroz um pouquinho, quando se surpreendeu com uma Limousine preta estacionada bem próximo dali. Nossa, teria o Choquito ganhado na loteria?!!!

Nuno, ao acordar, tomou café com leite e depois foi treinar... Levou um grande susto quando viu uma Limousine preta estacionada quase na porta da academia, onde apreendeu capoeira, e disse:

— Caraca, terá o Mestre Carrasco acabado com o Mestre Suspiro? O que será isso, algum tipo de retaliação?...

Os Mestres Carrasco e Suspiro são rivais, donos de academias de capoeira. Nessa modalidade de esporte, todos são chamado por apelidos e o de Nuno é Montalcino, por ser grande apreciador de vinhos, especialmente, do Brunello di Montalcino.

Miguel acordou, tomou café da manhã e foi direto para o computador jogar *StarCraft* II (para aqueles que não sabem, este é um jogo incrível de computador, de estratégia, produzido pela Blizzard). De repente, se assustou com o alvoroço da mãe dizendo:

— A Mariazinha, filha da vizinha, arranjou um namorado rico, só pode ser...Veja o tamanho do carro dele!!!...

Não que Miguel tivesse qualquer interesse na Mariazinha ou nesse tipo de fofoca, mas levantou-se para olhar, porque tinha acabado de vencer uma ZxT (Zerg versus Terrano — duas das raças com as quais se joga o *StarCraft* II); então, foi esticar as pernas e minimizar a agitação de sua mãe. De fato, surpreendeu-se em ver uma Limousine preta ali, mas preferiu ignorar o fato.

Em Amaralina/GO, Greta acordou, tomou o café da manhã e foi ao jardim para pintar um pouco, mas uma Limousine preta, parada bem próxima de sua casa chamou sua atenção...

Enquanto isso, Emma foi ao açougue comprar as carnes para o tão esperado churrasco com a família, oportunidade em que também se deparou com uma Limousine preta em seu trajeto...

CAPÍTULO III

Os Convites dos Escolhidos

Depois de notarem a presença da Limousine preta, todos receberam uma surpresa, um a um...

A mãe de Jake entra em seu quarto com um grande envelope azul, fechado por um belo lacre de cera azul num tom mais escuro, com a marca de algo redondo que lembrava um planeta. O lacre era lindo, parecia um lacre real. Aliás, aquilo parecia mesmo um convite da realeza...

Jake soube, na hora, que era alguma coisa relacionada à *Star Academy;* o planeta do lacre é um código da Academia que somente os 20 membros conhecem, motivo pelo qual passou despercebido por sua mãe. Ele ficou surpreso, preocupado e pensativo:

— Nas férias? Acabei de voltar de lá! O que será?...

E, assim que sua mãe deixou o quarto, abriu imediatamente o envelope, contendo o seguinte cartão:

Prezado Jake,

Não perca uma deliciosa pizza com milkshake de chocolate, especialmente para você...

A Limousine preta o levará ao seu destino...Entre no carro, impreterivelmente na madrugada de hoje, assim que ele chegar... Você terá 5 (cinco) minutos antes que ele parta. Caso você não venha, não sofrerá nenhuma penalidade da Academia, mas jamais saberá do que se trata, e perderá sua grande chance...

Atenciosamente,

Irmãos Oliveira

Após a leitura, com o coração acelerado, Jake foi avisar sua mãe que partiria de madrugada. Ela ficou preocupada no início, fez algumas conjecturas, mas após ter especulado um pouco, percebeu que seria seguro o embarque de seu filho, ficando apenas curiosa...Como sempre, após um pergaminho de recomendações feitas por ela, Jake lhe fez, então, um único pedido:

— Por favor, mãe, não comente nada com ninguém! Como você já sabe, ninguém pode saber que sou membro da *Star Academy* e, muito menos, que fui convocado pela Academia, extraoficialmente, nas férias, sei lá por quê...Isso é confidencial, segredo de família!!!

Enquanto isso, Flora, quando terminou de jogar *StarCraft* II, foi até a caixinha do correio verificar a correspondência — coisa que sempre adorou fazer —, oportunidade em que encontrou um envelope colorido e metálico, endereçado a ela, com um lacre de cera brilhante, lembrando um planeta.

— O logotipo secreto da *StarAcademy...* — pensou ela.

A marca redonda lembrando um planeta é uma imagem que simboliza a Academia, a qual somente seus membros conhecem.

Imediatamente, Flora jogou as demais cartas em cima da mesa da cozinha e subiu correndo as escadas para o seu quarto, com o lindo envelope colorido e metálico, a fim de ver do que se tratava. Ao abri-lo, encontrou o seguinte cartão, dizendo:

> *Prezada Flora,*
>
> *Não perca um delicioso bife com batatas fritas e Fanta laranja, especialmente para você...*
>
> *A Limousine preta a levará ao seu destino...Entre no carro, impreterivelmente na madrugada de hoje, assim que ele chegar... Você terá 5 (cinco) minutos antes que ele parta. Caso você não venha, não sofrerá nenhuma penalidade da Academia, mas jamais saberá do que se trata, e perderá sua grande chance...*
>
> *Atenciosamente,*
>
> *Irmãos Oliveira*

Flora ficou muito curiosa, feliz e empolgada, e foi correndo avisar seus pais e sua avó que embarcaria na Limousine preta naquela madrugada...Os três ficaram intrigados e elucubrando o que seria aquilo, oportunidade em que foram relembrados por Flora, "pela milionésima vez", do segredo familiar de que ela é membro da *Star Academy*, bem como de que aquela correspondência é ultraconfidencial.

Paralelamente a isso, Gordon entrou em casa, guardou o Albatroz na garagem e foi conversar com seus irmãos que estavam se descabelando porque um envelope (parecendo um convite), inesperadamente, chegou para Gordon e não para Pedro, nem para Paulo, nem Patrick, nem Pablo ou Pierre (os 5 irmãos de Gordon).

Gordon arrancou o envelope branco — fechado com um lacre de cera branco, parecendo um planeta — das mãos de Pablo e foi para o seu quarto. Ficou furioso porque, ao contrário dos irmãos que não conheciam o logotipo, percebeu, de cara, que era algo relacionado à Academia Estelar e, portanto, algo confidencial e relevante...

Mal fechou a porta, deu uma "barrigada" na cama e ainda de bruços abriu o envelope, tirando de dentro o seguinte cartão:

Prezado Gordon,

Não perca uma deliciosa feijoada, repleta de bacon, sem couve e sem laranja, com milkshake *de caramelo e calda extra, especialmente para você...*

A Limousine preta o levará ao seu destino...Entre no carro, impreterivelmente na madrugada de hoje, assim que ele chegar... Você terá 5 (cinco) minutos antes que ele parta. Caso você não venha, não sofrerá nenhuma penalidade da Academia, mas jamais saberá do que se trata, e perderá sua grande chance...

Atenciosamente,

Irmãos Oliveira

Gordon ficou megaempolgado, principalmente com a feijoada, e pensou:

— Aposto que isso é um presente de Natal para mim, pelas notas maravilhosas que tirei durante o ano, sobretudo nas provas práticas nos simuladores de voo...Fui um mestre!!! Bem, ora de comunicar à família que vou engordar mais 5Kg...

Correu para a sala para aplacar a curiosidade de seus irmãos e chamou os pais para dar o aviso simultaneamente a todos.

Então, começou dizendo que embarcaria na Limousine preta na madrugada daquela noite para uma comilança sensacional. Que, provavelmente, estava sendo homenageado pela Academia, por seu brilhante desempenho...Relembrou a todos que se tratava de um convite confidencial, tal como o fato de ele ser membro da *Star Academy*. Reforçou o alerta sobretudo aos irmãos que, devido à baixa capacidade intelectual, não lhe inspiravam muita confiança. Gordon tinha muito medo de que, sem querer, seus irmãos acabassem deixando escapar para alguém que ele é membro da Academia, mas felizmente, até aquele momento, o segredo estava seguro...

Enquanto isso, o Sr. Adamastor, pai de Nuno, foi até o quarto do filho, levando toda a correspondência. No meio dela, algo lhe chamava muito a atenção: um grande envelope verde, com lacre de cera da mesma cor, lembrando um planeta.

Toc, toc, toc...

— Filho, posso entrar? — indagou o Sr. Adamastor, e Nuno respondeu, com alegria na voz:

— Claro pai, fique à vontade, entre por favor!!!

— Obrigado filho, veja o que chegou para você...

O Sr. Adamastor lhe entregou o envelope verde, todo empolgado, com esperança de que Nuno o abrisse em sua frente, o que não aconteceu...Nuno trocou "cinco dedos de prosa" com seu pai, encerrando a conversa, dizendo:

— Paizão, te amo, viu?! E, por favor, feche a porta ao sair!!!

— Também te amo, meu filho... — respondeu o Sr. Adamastor, fechando a porta e se afastando do quarto.

Assim que o pai saiu, Nuno tirou cuidadosamente o lacre, o qual indubitavelmente, para ele, era da *Star Academy*, dizendo:

— Esse lacre é maneiro!!! — prosseguiu, puxando o cartão verde do envelope, no qual se lia:

Prezado Nuno,

Não perca um festival de comida japonesa, com muito sushi e sashimi de salmão, vinhos e cervejas da mais alta qualidade, especialmente para você...

A Limousine preta o levará ao seu destino...Entre no carro, impreterivelmente na madrugada de hoje, assim que ele chegar... Você terá 5 (cinco) minutos antes que ele parta. Caso você não venha, não sofrerá nenhuma penalidade da Academia, mas jamais saberá do que se trata, e perderá sua grande chance...

Atenciosamente,

Irmãos Oliveira

Nuno exclamou:

— Uau!!! O que será? Tirei notas ótimas...Será algum tipo de prêmio?!!! Preciso avisar aos meus pais que sairei nesta madrugada...

Em Pintópolis/MG, Rafael, propositadamente, quase abriu um grande envelope vermelho endereçado ao seu irmão gêmeo Miguel, que o surpreendeu em flagrante violação de correspondência:

— O que é isso, cara??? Esse envelope é meu!!!

— Desculpe mano, foi sem querer, pensei que fosse para mim — disse Rafael, sarcástico, e Miguel, iradíssimo, gritou:

— Pensou uma ova, foi "sem querer querendo". Deixa de ser cínico, você sabe muito bem que a carta é minha e passa isso já para cá...

Possesso, e tomado de incomensurável curiosidade, Rafael devolveu a correspondência a Miguel, que o empurrou para fora do quarto, batendo a porta em seguida. Após o estrondo da batida da porta, Miguel, que imediatamente percebeu que se tratava de algo da *Star Academy*, tirou o lacre de cera do envelope vermelho, cuidadosamente, como se fosse uma relíquia. E daquele envelope saiu o seguinte cartão, escrito em papel vermelho:

Prezado Miguel,

Não perca uma lasanha com refrigerante à vontade, especialmente para você...

A Limousine preta o levará ao seu destino...Entre no carro, impreterivelmente na madrugada de hoje, assim que ele chegar... Você terá 5 (cinco) minutos antes que ele parta. Caso você não venha, não sofrerá nenhuma penalidade da Academia, mas jamais saberá do que se trata, e perderá sua grande chance...

Atenciosamente,

Irmãos Oliveira

— Nossa, que demais!!! O que será? Certamente, algo de muito bom! — exclamou Miguel confiante. Correu em direção aos seus pais para comunicar-lhes a convocação e preveni-los de que sairia de casa, de madrugada, para não se preocuparem... Igualmente, relembrou a eles a necessidade de total discrição para o fato, assim como para o grande segredo de que ele é membro da *Star Academy*.

Greta, após pintar um pouco, resolveu abrir a portinhola da casinha do correio, oportunidade em que tirou de dentro dela um grande envelope amarelo e exclamou:

— Que lindo!!!

Ficou deslumbrada ao ver que o belo envelope era para ela, reconhecendo o logotipo da *Star Academy* no lacre. Assim, delicadamente, descolou o planeta de cera dourado e puxou o cartão amarelo, que dizia:

Prezada Greta,

Não perca muito Big Mac, *batata frita e Coca-Cola, especialmente para você...*

A Limousine preta a levará ao seu destino...Entre no carro, impreterivelmente na madrugada de hoje, assim que ele chegar... Você terá 5 (cinco) minutos antes que ele parta. Caso você não venha, não sofrerá nenhuma penalidade da Academia, mas jamais saberá do que se trata, e perderá sua grande chance...

Atenciosamente,

Irmãos Oliveira

— Virgem Maria Santíssima, um convite para mim dos donos da *Star Academy*? — disse Greta entusiasmada.

— Será que, finalmente, irei conhecê-los pessoalmente? O que será que está acontecendo? Será que serei jubilada da Academia? Nesse momento, Greta chegou a ficar preocupada...Mas, depois se acalmou, pensando:

— Minhas notas foram impecáveis, não violei nenhuma das exigências, respeitei todas as regras e o cartão é claro: "*Caso você não venha, não sofrerá nenhuma penalidade da Academia, mas jamais saberá do que se trata, e perderá sua grande chance...*"! Assim, não há razão para pensar em expulsão, mesmo se eu não for, não sofrerei nenhuma sanção. Além do mais, a mensagem fala em grande chance...Preciso saber o que é...Vou, agora mesmo, avisar à minha família que sairei de madrugada...

Enquanto isso, no Acre, Emma abria o seu grande envelope rosa, com lacre de cera também rosa, parecendo um planeta, do qual ela tirou o seguinte cartão, na certeza de que era algo sobre a *Star Academy*:

> *Prezada Emma,*
>
> *Não perca um caprichado churrasquinho de picanha, coração, porquinho e deliciosa caipirosca, especialmente para você...*
>
> *A Limousine preta a levará ao seu destino...Entre no carro, impreterivelmente na madrugada de hoje, assim que ele chegar... Você terá 5 (cinco) minutos antes que ele parta. Caso você não venha, não sofrerá nenhuma penalidade da Academia, mas jamais saberá do que se trata, e perderá sua grande chance...*
>
> *Atenciosamente,*
>
> *Irmãos Oliveira*

A reação de Emma não foi diferente: correu para avisar seus pais que sairia de casa naquela madrugada, a pedido da Academia e que guardassem mais esse segredo, decorrente do segredo principal de que ela é membro da *Star Academy*.

Cabe aqui fazer mais um pequeno esclarecimento acerca da Academia Estelar. Apesar de ser uma academia brasileira, construída no Brasil, com proprietários brasileiros, seu nome é inglês (*Star Academy*), por puro capricho dos irmãos Oliveira, a fim de imputar mais imponência ao nome.

CAPÍTULO IV

A Hora do Embarque

Os sete convidados passaram o dia na maior ansiedade, esperando a hora de entrarem na Limousine e partirem, a fim de descobrirem, de uma vez por todas, do que se tratava tudo aquilo...

O dia foi longo, custou a passar para eles, nem seus *hobbies* (passatempos preferidos) conseguiram acalmá-los...

A curiosidade implacável fez os viciados em *StarCraft* II (Jake, Flora e Miguel) perderem muitas partidas, tamanha a concentração de todos em somente o que estaria por vir...Gordon, apesar do nervosismo, pilotou com maestria seu Albatroz, mas comeu alucinadamente, muito mais que o habitual.

A obra predileta de Greta é a Sonata para Piano nº 14, Op. 27 nº2 (de Beethoven), conhecida como Sonata ao Luar. Somente em 1832, 5 anos depois da morte de Beethoven, recebeu esse "apelido", após o crítico Rellstab ter comparado a sonata a um luar no lago Lucerna. Não é coincidência a Sonata ao Luar ser a música preferida de Greta, porque tudo que remete ao espaço a deixa inebriada...Todavia, naquele dia, tudo a levava somente ao futuro embarque na Limousine...

Nuno jogou capoeira o dia inteiro, enquanto Emma dançava Zouk, mas também estavam com seus desempenhos prejudicados pela ansiedade...

De madrugada, conforme estabelecido nos convites, todos estavam prontos para partir...

Os convocados entraram nas respectivas Limousines com os batimentos cardíacos "frenéticos"...

Para os sete convidados foi oferecido o mesmo padrão: Limousine preta, com motorista usando quepe e belo uniforme azul-marinho, acompanhado de um segurança.

Dentro da Limousine, não faltou um singelo aperitivo de pistache com *champagne*...Todos se deliciaram, principalmente Gordon!!!

As tentativas de comunicação dos sete convidados com seus respectivos motoristas e seguranças foram vetadas, quer porque os empregados não estavam autorizados a adiantar nada, quer porque eles não sabiam de nada mesmo.

Dessa forma, não obtiveram nenhuma antecipação do que estaria por vir. Todas as perguntas continuavam sem respostas:

— Por que estou sendo convocado pela Academia, nas férias? Será que receberei algum prêmio? Irei conhecer pessoalmente os irmãos Oliveira? O que será? Do que se trata? É coisa boa? A minha grande chance?

As perguntas impregnavam o cérebro daqueles sete gênios...

Gordon, que não perde a piada nunca, pensou:

— Será a minha grande chance de engordar mais uns 5 kg ou a minha grande chance de a Academia montar um SPA?

Após um longo trajeto na Limousine, cada um dos convidados foi dirigido a um hangar em seus respectivos Estados, onde um avião a jato os esperavam.

Cada um embarcou em um avião, deixando o seu Estado e partindo, sem saber, para o Planalto Central Brasileiro onde ocorreria a grande recepção.

A suntuosidade de cada avião deslumbrou os convidados. Os celulares ficaram desligados durante o voo. À medida que iam aterrizando (a chegada foi em horários distintos, considerando que cada um partiu de um Estado diferente), iam sendo colocados em diferentes salas no hangar do aeroporto da família Oliveira.

Cumpre aqui esclarecer, para aqueles que não são tão bons em geografia, que o Planalto Central Brasileiro compreende partes dos Estados de Goiás, Minas Gerais, Mato Grosso, Tocantins e Mato Grosso do Sul, e os nossos convidados são dos seguintes Estados: Rio Grande do Sul, São Paulo, Ceará, Rio de Janeiro, Minas Gerais, Goiás e Acre, razão pela qual Miguel (de MG) e Greta (de GO) foram os primeiros a chegar.

Após a aterrissagem do último jato, todos os convidados foram levados, em carros separados, até o belíssimo Palácio das Orquídeas, onde entraram juntos, no início da tarde, e se viram pela primeira vez, mas ainda sem saber quem eram...

CAPÍTULO V

A Grande Recepção

Parte II – A Revelação

Finalmente, Nico esclareceu que seu irmão Scotty, que trabalha na NASA, estava convencido de que há um planeta, possivelmente habitado, em um ponto da Galáxia, mas que os membros da Nasa desacreditam nele por completo, razão pela qual insistem em não querer enviar nem foguete, nem nada para lá. Acham que Scotty está totalmente equivocado e que os Estados Unidos da América jamais irão investir na "aventura psicodélica" de Scotty, como muitos de seus colegas a batizaram.

Revoltado e certo de que encontrará alguma coisa lá mas que não poderá contar com nenhum patrocínio da NASA, Scotty resolveu montar a sua própria missão espacial. Todavia, para isso, precisaria contar com uma elite de pessoas capazes, dedicadas e confiantes na missão, o que certamente não encontraria em meio aos seus colegas, que somente debochavam dele.

— Ao contar suas suspeitas para mim, disse Nico aos convidados, meus olhos brilharam...Imaginem eu, intermediando compra e venda entre planetas; ganharia uma fortuna com essa corretagem, comissões vultosas $$$$$. A chance da minha vida de alavancar a minha carreira...Nunca consegui nada significativo, e vivo na sombra de meus irmãos.

Não foi diferente a reação de Heitor que, além da curiosidade em saber se seu irmão está certo e sempre o apoiar em tudo, também pensou no montante que poderia vir a ser agregado ao seu patrimônio, como um bom administrador de empresas que é.

Diante disso, resolveram fundar a *Star Academy*, com o escopo de preparar pessoas qualificadas para a missão espacial do Scotty. Após meses de planejamento, pensando passo a passo do projeto, se deram conta de que quanto menos divulgação seria melhor.

Decidiram abrir 20 vagas; um bom número de pessoas a serem preparadas, mas um número muito alto para conhecer as coordenadas do suposto planeta de Scotty.

— Assim, disse Heitor, complementando o discurso de Nico, decidimos fundar a Academia para qualificar pessoas para a missão. Mas decidimos evitar uma turma de 20 alunos, razão pela qual as aulas foram ministradas individualmente, para que não se conhecessem mesmo e não houvesse nenhuma estranheza, quando, praticamente no meio do curso, seis alunos simplesmente deixassem de aparecer. A ideia inicial de Scotty seria convocar os 6 melhores. Imaginem o alvoroço dos 14 preteridos. E quanto menos gente souber da missão e de um eventual fracasso, melhor.

Nico já se preocupava com a possibilidade de outro corretor conseguir chegar lá primeiro...Por todas essas razões, entenderam por bem preservar a identidade dos 20 selecionados da *Star Academy*. Dessa forma, os membros escolhidos para a missão de Scotty não seriam alvo da curiosidade de seus colegas, que jamais sentiriam a falta deles, pois nem sequer sabiam quem eram...

Scotty pretendia selecionar somente 6 membros (sendo 4 com maior habilidade em engenharia espacial, um em medicina e um em pilotagem). Todos ainda estão no aprendizado básico, como já explicado anteriormente; todavia, os convocados já deixaram claras as escolhas que farão na especialização. É patente a vocação e a habilidade que Nuno tem para a medicina, Gordon para a pilotagem, bem como Jake, Miguel, Greta e Emma para a engenharia espacial.

Flora também é muito boa em engenharia espacial, mas quase ficou de fora porque a equipe de 6 de Scotty já estava escolhida. Ocorre que Heitor intercedeu por Flora, convencendo seu irmão de que ela também deveria compor a equipe. Por que justamente a sua discípula, igualmente capacitada em engenharia espacial, ficaria de fora da missão de Scotty? Missão essa que também é de Heitor e de Nico, ainda que somente como espectadores da Terra.

Nico, então, explicou aos sete convidados que dentre os 20 membros da *Star Academy* eles foram os escolhidos para a missão de Scotty. Ao longo dos 4 anos que frequentaram a Academia destacaram-se não só pela inteligência, mas pela voracidade que demonstraram em querer alcançar o espaço. Ademais, a discrição dos sete chamava a atenção de seus professores.

Em se tratando de uma missão secreta, quanto mais gente discreta envolvida, melhor...

Pamela é um membro da *Star Academy*, excelente em medicina e foi uma forte concorrente para Nuno, mas certamente perdeu muitos pontos no quesito discrição. Ela chegava à *Star Academy*, vinda das férias, contando pormenorizadamente aos seus professores o que havia acontecido em cada balada, enquanto Nuno se limitava a dizer que as férias tinham sido ótimas, e que tudo havia corrido muito bem.

Prosseguindo na fartura daquele almoço, com as comidas preferidas de cada um deles, Jake se deliciou com *pizza* e *milkshake* de chocolate, Flora comeu bife com batatas fritas e tomou Fanta laranja, Gordon mergulhou na sua feijoada, com muito *bacon* (sempre dispensando a couve e a laranja) e tomou *milkshake* de caramelo, Nuno saboreou os sushis e os sashimis, manuseando com primor os "palitinhos" (*hashi*), e bebendo uma cerveja de alta categoria. Enquanto Miguel devorava uma lasanha e bebia refrigerante, Greta atacou um *Big Mac*, com batatas fritas e, finalmente, Emma comeu uma suculenta picanha e bebeu uma caipirosca.

Os anfitriões os acompanhavam em um ritmo muito mais lento, falando mais do que comendo...

Gordon, que nunca perde a piada, falou sarcástico:

— *Ok*, pessoal, a orgia alimentar está deliciosa, sabemos que fomos escolhidos para a missão do Scotty, com o que fico deveras lisonjeado, mas como vamos chegar até lá? Perdi alguma coisa da explicação ou essa feijoada está me confundindo?...

Imediatamente, Heitor esclareceu que o como chegar lá faz parte do plano e da missão...

CAPÍTULO VI

Conhecendo os Escolhidos

Para aqueles que tiverem interesse, mas somente para quem realmente quer conhecer melhor nossos protagonistas, continuem a leitura deste capítulo. Para aqueles que têm problemas cardíacos, de enjoo, gestantes e lactantes é recomendado que pulem este capítulo...Brincadeirinha!!! Mas, se você ficar entediado, por favor, vá direto ao capítulo VII.

Bem, para aqueles que ainda estão aqui, vamos lá:

Jake

Jake é loiro, de olhos azuis, tem 1,93m, 22 anos, "viciado" em *StarCraft* II e é membro da *Star Academy* – Academia Estelar (como vocês já sabem).

Ele é muito inteligente, com grande habilidade em matérias exatas, e seu maior sonho: ir para o espaço!!!

É gaúcho, nasceu e sempre morou em Pelotas, no Rio Grande do Sul, com seus pais e quatro irmãs mais velhas, mas, atualmente, fica a maior parte do tempo na Academia.

Com efeito, Jake só volta para o Rio Grande do Sul em suas férias da Academia.

Ele estuda muito, muito mesmo, mas sempre arranja tempo para jogar SC2 (*StarCraft* II)...E detalhe: ele é Grão-Mestre em

1x1 e Mestre em equipe 3x3 e 4x4...Joga bem com todas as raças, mas Protoss é a sua preferida...

Considerando todos esses atributos, mulheres se engalfinhando por Jake não faltam, mas nenhuma terráquea conseguiu conquistá-lo de verdade...

Sua comida preferida, como já vimos, é *pizza*, e adora beber *milkshake* de chocolate. São as caminhadas, os joguinhos de tênis e os abdominais que o ajudam a manter-se em forma. Azul é sua cor favorita.

Jake é um rapaz feliz, bastante realizado, mas com algumas ansiedades...Então, ele sempre se questiona:

— Será que algum dia irei para o espaço? Encontrarei alguma coisa por lá? Existem outros planetas que ainda não foram descobertos? Conhecerei pessoas como os Andorianos, os Klingons e os Vulcanos? Existe algo assim? E, finalmente, onde e quando vou encontrar "*The One*", a mulher dos meus sonhos?...

Flora

Flora é morena, de olhos castanhos, tem 1,60m, 23 anos, católica fervorosa, assídua nas missas de domingo, também "viciada" em *StarCraft* II e é membro da *Star Academy* - Academia Estelar (que vocês também já sabem).

Ela é muito inteligente, com extrema habilidade em português e biologia e seu maior sonho: ir para o espaço!!!

Flora adora competir com suas próprias limitações; é o seu maior estímulo. Ela adora vencer, não basta competir, mas sabe perder e se superar...E, apesar de ser católica praticante, ela respeita e aprecia muito o Budismo. Adora memorar o Bushido (Código de Honra do guerreiro samurai), que foi influenciado pelo Budismo, pelo Confucionismo e pelo Xintoísmo).

Apaixonada por artes marciais (*taekwondo* é a sua preferida — arte marcial coreana), ela as pratica diariamente para fortalecer a autodisciplina e o autocontrole, a fim de estar preparada para as constantes adversidades.

Flora é paulista, nasceu e sempre morou em São Paulo/SP com seus pais, sua avó materna, sete peixes, cinco gatos, três cachorros, dois passarinhos e um hamster. Ela é filha única. Mais ou menos...Sempre dividiu a atenção de sua mãe com a referida fauna.

Com efeito, Flora passa a maior parte de seu tempo na Academia e só volta para São Paulo nas férias, quando frequenta a missa todos os domingos na Paróquia Nossa Senhora do Brasil. Durante o primeiro ano letivo, aconteceu o seguinte:

Flora quase desistiu da Academia quando soube que ficaria reclusa no complexo, sem ter missas para frequentar. Informaram-na de que havia uma bela capela no complexo, mas com a luz do sacrário apagada (sem hóstias consagradas lá). Então, em confissão, Flora conversou com o padre, seu guia espiritual, explicando a situação, oportunidade em que, iluminado por Deus, lhe apresentou uma solução...

Flora, antes de ingressar na *Star Academy*, fez um curso para ministra da eucaristia, que lhe conferiu poderes para dar a comunhão das hóstias já consagradas pelo padre. Assim, o padre lhe deu 42 hóstias consagradas que foram devidamente guardadas no sacrário, que passou a ter a luz vermelha acessa (365 dias do ano divididos por sete dias da semana = 52,1. Então, 53 domingos menos 11 domingos de janeiro, fevereiro e dezembro, que ela vai à missa em São Paulo, resultam em 42 hóstias necessárias). Com efeito, Flora segue direitinho a liturgia da Igreja, todo domingo, na capelinha do complexo da Academia, antes de comungar cada hóstia já consagrada que lhe fora conferida.

Ela estuda muito, muito mesmo, mas sempre arranja tempo para jogar SC2 (*StarCraft* II)...A propósito: ela é Diamante em 1x1 e Mestre em equipe 3x3 e 4x4...Joga bem com as 3 raças, mas Terrano é a sua preferida...

Namorou Peter por seis anos, dos 15 aos 21. Ela o amava muito e sonhava em se casar com ele até o calhorda lhe trair. Foi no minuto em que ela descobriu a traição que ele foi chutado para sempre...Ele implora até hoje (já faz 2 anos do término do namoro) que ela volte para ele, mas isso jamais irá acontecer... Não com a Flora.

Outro passatempo dela é a leitura. Sempre adorou ler e tem o maior xodó por sua extensa coleção de livros e HQ (Histórias em Quadrinhos). Os HQs favoritos são: V de Vingança, Batman e Watchmen.

A comida preferida de Flora é bife com batatas fritas, e Fanta laranja é a bebida. Ela adora cores, sobretudo as metálicas. E sempre se pergunta se há vida onde o homem jamais esteve...

Gordon

Gordon é gordo, tem cabelos pretos, lisos e compridos, olhos verdes, 1,65m, pesa 105 kg, 22 anos, superpiadista, adora aeromodelismo (possui uma belíssima coleção: Drone DJi Phantom 2 Vision, Albatroz Asp 52 e Albatroz 61, entre muitos outros). Odeia esportes e videogames, não joga *StarCraft* II e é membro da *Star Academy* – Academia Estelar.

É um rapaz muito inteligente, com habilidade em todas as matérias, e ir para o espaço também é o seu maior sonho.

Ele diz que fará especialização em PÉ, na verdade em PE (Piloto Espacial). Gordon é daqueles que preferem perder o amigo a perder a piada...

Fica revoltado quando dizem que ele é gordo porque é estressado, e responde sem titubear:

— Primeiro, não sou estressado, e, segundo, se serenidade fosse sinônimo de magreza, certamente o problema do Buda seria de hipotiroidismo!!! (Para os baixinhos que não entenderam a piada do Gordon é que o Buda é muito sereno, mas é bem gordo também. Então, se serenidade trouxesse magreza, o Buda não poderia ser tão gordo, mas como ele é gordo, então o problema dele só pode ser de tireóide...).

Gordon adora soltar aquelas piadas de que as mulheres têm mais problemas do que os livros de matemática, e que se fossem seres confiáveis não sangrariam todo os meses e continuariam vivas...(Livros de matemática têm muitos problemas; então, se mulheres têm mais problemas do que os livros de matemática, então as mulheres são superproblemáticas, e mulheres menstruam todos os meses, ou seja, sangram mas não morrem, então, não são confiáveis...). Não precisam dar risada, Gordon faz piadas ótimas, mas essas são lamentáveis...

Ele aprecia anagramas e trocadilhos e foi o primeiro a zoar a profecia de seus pais:

— Meu filho GORDO(N)!!! Sou imensamente grato pelo "n", porque senão eu seria literalmente Gordo, até no nome, que é protegido juridicamente...Perguntem ao advogado Saul Goodman sobre isso...

Bem, a profecia se concretizou...Gordo(n) é gordo!!!

Ele é nordestino, nasceu e foi criado em Juazeiro do Norte, no Estado do Ceará. O município se localiza na Região Metropolitana do Cariri, no sul do estado, a quase 500 km da capital, Fortaleza. Tem cinco irmãos, todos homens, mas só ele é Gordo(n)...

Sua maior mágoa: passar o dia atendendo às ligações da mulherada para os seus irmãos (um mais Reynaldo Gianecchini que o outro). Nenhuma ligação para o Gordon...Opa, pera aí: o Choquito (seu melhor amigo), sempre ligava para o Gordon.

Atualmente, fica a maior parte do tempo na Academia e só volta para a sua "função" de telefonista frustrado e invejoso no Ceará em suas férias. Brincadeirinha, Gordon não é frustrado e muito menos invejoso. Gordon é gordo, mas é inteligente e feliz, acima de tudo. Dizem que os deficientes de um sentido aprimoram significativamente os outros. Assim, quem não enxerga, por exemplo, possui audição e tato desenvolvidos.

Os cinco irmãos de Gordon tiveram dificuldades em completar o ensino médio e talvez consigam ingressar em uma faculdade quando Gordon pesar 60kg...

São poucos os privilegiados como Jake e Flora que reúnem todos os atributos.

Mas Gordon sempre diz, sincero e sem piada nessa ora:

— Prefiro ser GGG (Gordo, Gênio e Gordon) a ser PPP (Perfeito, Palerma e Pedro ou Paulo, Patrick, Pablo e Pierre), como os meus cinco irmãos...

Ele estuda muito, muito mesmo, mas sempre arranja tempo para pilotar seus aeromodelos...

Nunca teve uma namorada, mas sonha muito com uma.

Sua comida preferida é feijoada com muito *bacon* (ele dispensa a laranja, sobretudo a couve) e adora beber *milkshake* de caramelo. Branca é a sua cor favorita, é fã de *Information Society* — da música *Peace & Love, Inc. Lyrics* e sempre diz:

— Sou paz e amor incorporados...

Gordon adora contar, também, a clássica piada de que é alérgico ao seu suor, e portanto, alérgico a esportes, razão pela qual está "proibido" de praticá-los, sob pena de sofrer um edema de glote...

Nuno

Nuno é negro, de olhos azuis, tem 1,90m, 21 anos, "viciado" em futebol, capoeira, cervejas e vinhos, não joga *StarCraft* II e é membro da *Star Academy* - Academia Estelar.

Além de muito inteligente, sua maior habilidade é a biologia e seu maior sonho...Ir para o espaço!!!

Nuno é carioca, com sotaque carregado, nasceu e viveu em Niterói, no Rio de Janeiro, com seus pais e a irmã caçula. Atualmente, passa quase todo o tempo na Academia e, como os demais, só volta para a casa nas férias.

Apesar de muito estudioso, sempre arranja tempo para jogar capoeira e assistir aos jogos de futebol.

É fanático pelo Fluminense e o seu cordão na capoeira é branco (Mestre mor).

Seu último namoro, com a Tara, foi o mais longo e significativo; durou 2 anos, tendo o término deixado seu coração realmente partido...

As comidas preferidas são *sushis* e *sashimis* de salmão e as bebidas são vinho e cerveja, mas bebe comedidamente...Jamais abusou do álcool.

Exímio conhecedor de cervejas e vinhos, adora colecionar os rótulos dos melhores. Ele tem uma pasta repleta deles e, frequentemente, é convidado a participar de degustações, por ser um verdadeiro conhecedor, apesar de tão jovem. Tem paladar e olfato muito apurados, o que o favoreceu no aprendizado. Com efeito, mesmo nas degustações nunca sequer chegou a ficar embriagado (bêbado ou de porre). Sua cor favorita é o verde.

A ex-namorada Tara não suportou a concorrência com a capoeira, o futebol, as degustações de vinho e cerveja, além do fervoroso estudo para ingressar na *Star Academy*.

Miguel

Miguel é ruivo, de olhos pretos, tem 1,85m, 22 anos, "viciado" em natação, skate, *StarCraft* II e é membro da *Star Academy* – Academia Estelar. É muito inteligente, excelente em história e geografia e seu maior sonho...Ir para o espaço!!!

Nasceu e sempre morou em Pintópolis, Minas Gerais (podem pesquisar, não é brincadeira, o município de Pintópolis existe mesmo, não é ficção). Sempre morou com seus pais e seu irmão gêmeo idêntico (univitelino ou monozigótico). Atualmente, passa quase todo o tempo em Colossus/CO (na Academia) e só volta para Pintópolis/MG nas férias.

Extremamente estudioso, mas sempre arranja tempo para nadar, andar de *skate* e jogar *StarCraft* II...E detalhe, ele é Mestre em 1x1 e Mestre em equipe 3x3 e 4x4... Joga bem com as 3 raças, mas Zerg é a sua preferida...

Miguel faz muitas manobras com seu *skate*, mas não somente as básicas como BS *pop shove-it*, FS *Halfcab* ou *Happy jump*, ele consegue fazer diversos *Flips* (360 *flip*, *Alpha flip*, *Forward flip* e ainda o *Varial Kickflip*). Na rampa, faz muito bem as manobras chamadas BS 180 *early grab*, *Drop in* e *Indy*.

Namorou Lisa por cinco anos, dos 15 aos 20. Ele a amava muito e pretendia se casar com ela, até ser traído. Foi no minuto em que ele descobriu a traição, que o relacionamento acabou para sempre. Para Miguel, se não houver confiança, nenhuma relação poderá ser bem-sucedida.

Sua comida preferida é lasanha e, para beber, refrigerante. A cor favorita é o vermelho. Seus *skates*, na maioria, são dessa cor.

Outro passatempo de Miguel são os jogos de tabuleiro. Adora, nas férias, jogar com seus pais e seu irmão, sendo *Ticket Ride*, 7 *Wonders* e Colonizadores de Catan os seus preferidos.

Ganhou muitas medalhas de ouro em natação. Parece um peixe, adora ficar na água, mas seu grande sonho é alcançar o espaço sideral!!!

Greta

Greta tem cabelos e olhos pretos, tem 1,73m, 23 anos, "viciada" em *McDonald's*, piano, pintura e é membro da *Star Academy* –Academia Estelar.

Inteligentíssima, sua maior aptidão é para a química e o grande sonho, como não poderia deixar de ser, ir para o espaço...

Apaixonada por piano e pintura, ela toca e pinta diariamente. Aprecia sobretudo os períodos Clássico, Romântico e Barroco, sendo seus compositores preferidos: *Wolfgang Amadeus Mozart, Franz Peter Schubert, Ludwig van Beethoven, Johann Sebastian Bach, Frédéric François Chopin, Piotr Ilitch Tchaikovsky, Georg Friedrich Händel, Robert Alexander Schumann, Franz Liszt e Johannes Brahms.* A obra predileta de Greta é a Sonata para Piano nº 14, Op. 27 nº2 (de *Beethoven*), conhecida como Sonata ao Luar, como já mencionado anteriormente.

Ela toca piano primorosamente e pinta suas telas da mesma forma. Seus pintores favoritos são *Vincente Willem van Gogh* (pós-impressionismo), *Oscar-Claude Monet* (impressionismo) e *Pablo Diego José Francisco de Paula Juan Nepomuceno María de los Remedios Cipriano de la Santísima Trinidad Ruiz y Picasso*

(*Pablo Picasso* para os íntimos). Este último tendo o cubismo como manifestação artística.

Ora, todos foram citados com seus nomes completos e não meramente como são conhecidos; então, não poderia, por preguiça, ser diferente com Picasso pelo tamanho de seu nome.

Nem queiram imaginar as piadas que Gordon adora fazer sobre o nome do Picasso...Esperem o dia em que ele conhecer Miguel e souber que ele nasceu em Pintópolis...

Voltando à Greta: ela nasceu e sempre morou em Amaralina, no Estado de Goiás, com seus pais, uma irmã mais velha e um irmão mais novo.

Com efeito, Greta passa a maior parte do tempo na Academia e só volta para Amaralina nas férias.

Dedicadíssima aos estudos, mas sempre arranja tempo para tocar piano e pintar, como foi dito.

Namorou Henrique por três anos, dos 18 aos 21 e até hoje ela não sabe bem porque o namoro terminou...Ela sofreu muito no início, mas hoje não está nem aí...

Outro passatempo de Greta é a jardinagem. Adora plantar e regar suas flores, sendo a orquídea a sua favorita. Ela considera cuidar das plantas mais do que um *hobby*; uma atividade terapêutica que já lhe ajudou a curar muitas feridas, principalmente a "ferida" chamada Henrique. Tendo em vista o bem-estar que a jardinagem lhe proporciona, incentiva suas amigas e primas a acompanhá-la nessa atividade durante as férias.

Sua comida preferida é *Big Mac*, batatas fritas e Coca-Cola e a sua cor é o amarelo. Não é coincidência a Sonata ao Luar ser sua música preferida, porque tudo que a remete ao espaço deixa Greta inebriada...

Emma

Emma é loira de olhos azuis, tem 1,65m, 22 anos, adora dançar e é membro da *Star Academy* – Academia Estelar.

Muito inteligente, com facilidade em todas as matérias, mas sua preferência sempre foi a educação física e seu maior sonho, claro, ir para o espaço!!!

Apaixonada pela dança, pratica várias modalidades, tais como: balé clássico, *jazz*, sapateado e dança do ventre; todavia, a sua preferência, e para a qual ela dedica a maior parte do tempo livre é pelo *Zouk* (conhecido como "lambada francesa").

Nasceu e sempre morou em Plácido de Castro, no Acre, com seus pais e suas irmãs mais novas.

Com efeito, Emma passa a maior parte do tempo na Academia e só volta para casa nas férias, como os outros.

O intenso volume de estudos não a impede de dançar, principalmente o *Zouk*. Ela participa de diversas competições de dança, e quase sempre fica com o troféu, em primeiro lugar.

Namorou Paulo por 1 ano, mas o ciúme dele, sobretudo por causa do *Zouk*, gerava muitas brigas, as quais acabaram deteriorando o relacionamento, e Emma terminou com ele.

Sua comida preferida é o churrasco (picanha, coração e porquinho); adora caipirosca e a sua cor é o rosa. Ela diz que, ao dançar o *Zouk*, se sente flutuando, mais perto do espaço que ela quer tanto alcançar...

Ah! Não posso me esquecer de contar uma coisa muito importante...Emma tem um mascotinho, chamado Bipe, construído por ela. Trata-se de um robozinho, muito inteligente, cujo cérebro é um microcomputador da mais alta tecnologia. Ele é supercompanheiro de Emma e participa de todas as suas jornadas. Assim, frequenta as aulas na *Star Academy* com ela e, como não poderia ser diferente, estava bem guardado em sua bolsa na grande recepção. Além de inteligente, Bipe é muito bonitinho e carismático e as irmãs caçulas de Emma (Carla e Brenda) adoram brincar com ele, razão pela qual frequentemente ele precisa de reparos durante as férias...

CAPÍTULO VII

O Plano de Ação

Prosseguindo com a conversa na grande recepção, Nico e Heitor começaram a explicar o plano, esclarecendo que chegar ao suposto planeta habitado seria a parte mais complicada da missão. Isso porque precisariam de uma nave espacial, coisa que os irmãos Oliveira não possuíam e, apesar de todo o dinheiro, jamais poderiam comprar uma, pelo simples fato de que isso não existe e tampouco estaria à venda...

Então continuou, dizendo que os sete convocados deveriam construir uma nave espacial para poder conferir as coordenadas de Scotty e, mal terminou a frase, ouviu uma manifestação conjunta de risos, seguida da voz de Gordon:

— Ah, tá, claro!!!

Em um tom ríspido, Heitor sustentou que se eles não fossem capazes de fazer isso, ninguém mais seria. Disse, ainda, que ele investiu muito tempo e dinheiro na *Star Academy* para o estudo de cada um ali presente, que confiava neles e nas respectivas habilidades e, por isso, foram cuidadosamente escolhidos para a missão.

Superado o susto, Greta perguntou como conseguiriam fazer uma coisa dessas e, prontamente, Heitor respondeu que eles fariam juntos, unindo seus cérebros e corações. E finalizou, asseverando que, somadas as vontades e habilidades de todos, para alcançarem o espaço, certamente conseguiriam construir a nave necessária.

Nico continuou dizendo:

— Então, vocês deverão permanecer aqui no Palácio das Orquídeas até completarem a tarefa. Quando a nave espacial estiver pronta vocês irão até as coordenadas de Scotty conferir o que tem lá. A missão deverá ser concluída o mais rápido possível, começando amanhã. A família deve ser comunicada, somente, que vocês passarão as férias em um belo palácio, como presente pelas notas 10 com louvor. Por favor, total discrição, a missão é ultraconfidencial. Ninguém mais, além de vocês, pode saber da missão do Scotty. Vocês serão muito bem recompensados financeiramente, mas o principal prêmio será a realização do maior sonho de vocês...

Em seguida, Heitor perguntou se todos estavam de acordo e se havia dúvidas. Aí, começaram os questionamentos...

Greta perguntou onde iriam construir a nave; Gordon, depois de meia dúzia de piadas, perguntou onde iriam dormir e Jake questionou sobre quem lideraria a missão, estipulando horários, enfim, as diretrizes para o bom funcionamento da missão.

Flora indagou sobre os materiais necessários, Nuno queria saber melhor sobre o prazo para construírem a nave, Miguel se preocupou com as consequências de um provável insucesso na construção da nave espacial e, finalmente, Emma perguntou de onde partiria a nave e quem mais, além dos sete, participaria da construção e da ida para o espaço...

Heitor, prontamente, respondeu à sabatina, informando que a nave seria construída no mesmo hangar em que eles desembarcaram, onde há um gigantesco laboratório, com todo o material necessário, respondendo, assim, às dúvidas de Greta e Flora. Disse que todos dormiriam no Palácio das Orquídeas (mansão da família Oliveira, onde estava acontecendo aquela recepção), cada um em um quarto espaçoso, luxuoso e confortável, respondendo ao Gordon; disse, ainda, que, o líder da missão na Terra (construção da nave) será Heitor (8 pessoas participarão) e, no espaço (checagem das coordenadas em busca do planeta), o líder será Scotty (igualmente, somente 8 pessoas participarão), partindo a nave do referido hangar, satisfazendo os questionamentos de Jake e Emma.

Heitor finalizou, esclarecendo que não havia um prazo estabelecido de 2, 3 ou 4 meses para a conclusão do plano, mas, o quanto antes eles terminassem, melhor seria para todos, que ficariam confinados, durante todo o projeto, concentrando todos os esforços somente nisso e nada mais, e que a única consequência de um eventual insucesso na construção da nave seria o fracasso pessoal de cada um...Com isso, satisfez, igualmente, Nuno e Miguel com suas dúvidas. Todos acompanharam o brinde de Gordon, levantando seus copos e repetindo:

— Ao sucesso da missão!!! Ao espaço sidera!!! À realização de nossos sonhos!!!

CAPÍTULO VIII

Preparação e Assimilação do Plano pelos Escolhidos

Após todos os esclarecimentos que se fizeram necessários, os nove participantes daquele banquete acabaram de comer e se sentaram em uma belíssima e gigantesca sala de estar, oportunidade em que começaram a se conhecer melhor, com conversas paralelas...

Heitor abraçou Flora, dizendo do orgulho que sentia de sua discípula estar ali.

Gordon descobriu que Miguel nasceu e sempre morou em Pintópolis/MG, então, começou uma avalanche de piadas, das quais quem ouvia, não parava de gargalhar...

Nuno e Emma não paravam de trocar olhares azuis, belíssimos e encantadores (para aqueles que pularam o capítulo que descreve os personagens, tanto os olhos de Nuno quanto os de Emma são azuis).

Aos poucos, todos foram se soltando e percebendo que, mais do que colegas na missão de Scotty, poderiam ser grandes amigos...

Flora, superentusiasmada, chamou a equipe para começarem o esboço do desenho da nave enquanto Nico chamava o mordomo para acompanhá-los aos seus quartos.

Greta ficou empolgada para conhecer o seu quarto e Heitor acalmou Flora dizendo:

— Minha querida, primeiro conheça seu quarto, descanse um pouco, fale com a sua família. À noite teremos um delicioso jantar e um pouco de divertimento, mas não deitaremos tarde para conseguirmos acordar cedo e, aí sim, "mandarmos bala" no nosso plano e, como você mesma disse, iniciando-o pelo desenho de nossa nave espacial. Assim, amanhã seguiremos com o projeto... Agora, descanse, relaxe e aproveite para conhecer melhor seus colegas...

Getúlio, um mordomo baixinho e de cabelinho branco, se aproximou de todos eles, muito sorridente e disse:

— Trabalho para a família Oliveira há mais de trinta anos, e faz muito tempo mesmo que o palácio não ficava tão cheio e feliz como hoje! Que coisa boa!!! Por favor, sigam-me!!! Vou lhes apresentar seus respectivos aposentos...

Assim, os sete convidados subiram as escadarias atrás do Sr. Getúlio, seguidos pelos anfitriões Heitor e Nico.

Ao chegarem ao topo da escada viram um comprido corredor cheio de portas de ambos os lados.

Na primeira porta à esquerda via-se uma plaquinha contendo o nome Jake, então, o Sr. Getúlio prontamente perguntou:

— Quem é o Jake?

E Jake com um sorriso amável respondeu:

— Eu!!!

E o velhinho, com seu algodão doce natural sobre a cabeça (seu cabelo branquinho, brilhante e fofinho) disse carinhosamente para Jake:

— Então, belo rapaz, este aqui é o seu quarto. Fique à vontade, descanse e me chame se precisar de qualquer coisa, discando o número dois.

Heitor e Nico ratificaram as instruções do mordomo e Jake despediu-se de todos, entrando em seu quarto.

Na porta em frente à de Jake, ou seja, a primeira porta à direita do corredor havia uma placa contendo o nome de Flora, que já se adiantou:

— Este é o meu, Sr. Getúlio. Eu sou a Flora!!!

Disse, então, o mordomo contente:

— Muito bem, linda garota, é um prazer lhe conhecer, fique à vontade e já sabe como fazer para me chamar, se precisar...

— O prazer é todo meu, e qualquer coisa, discarei o número 2, — disse Flora ao mordomo, se despedindo de todos com um suave aceno e uma piscadela, entrando em seus aposentos curiosa...

Gordon saiu correndo pelo corredor, de braços abertos como um avião, e gritou:

— Uhuuu, isto é demais de legal!!! Parece uma pista, dá para pilotar meu Albatroz neste corredor, sem dificuldades...

Quando chegou à metade do corredor, parou arfante, vendo o Sr. Getúlio acenar, fazendo um gesto frenético para que ele voltasse.

Enquanto Gordon corria em direção ao final do corredor o grupo avançou até a segunda porta do lado esquerdo, que era o quarto destinado a ele, razão pela qual acenaram para que ele retornasse...

Enquanto Gordon voltava, calmamente, recuperando o fôlego, Nuno localizou seu quarto, em frente ao de Gordon, vale dizer, a segunda porta à direita do corredor. Igualmente, despediu-se com um aceno aos que estavam ainda presentes, dando um beijo na bochecha de Emma e dizendo baixinho no ouvido dela:

— Nos vemos mais tarde, minha loira!!!

O grupo continuou avançando em direção à terceira porta da esquerda que era o quarto destinado ao Miguel, sendo a terceira porta à direita o quarto de Greta. Finalmente, a quarta porta da esquerda era o quarto de Emma. Todos entraram em seus respectivos quartos, exceto Gordon, que ficou por último, soltando ainda...(calma, só piadas, não foram puns, não nessa hora)...mais piadas:

— Sr. Getúlio, desça por favor, antes que eu coma esse seu cabelo; adoro algodão doce! Brincadeirinha!!! E se precisar de mim, não sei que número você deve ligar, mas eu sei que você sabe...Mesmo assim, fique à vontade para bater na minha porta e me chamar para prosear se quiser, será um prazer...Você parece o meu vovô Conrado, um pouquinho só mais conservado!!!

Só por curiosidade, aquela corrida de Gordon desenfreada pelo corredor (com o papo da pista boa para pilotar o Albatroz), não foi para soltar uma piada, mas sim para metralhar os gases da feijoada para fora...Depois, Gordon ficou rindo e pensando em quem teria levado a culpa e a consequente fama de "peidão", porque, quando ele voltou pelo corredor, ainda sentiu um resquício do cheirinho no ar...

O Sr. Getúlio, agradeceu a amabilidade de Gordon e desceu rindo do jeito engraçado e desprendido do garoto.

Finalmente, Heitor e Nico se despediram de Gordon, descendo as escadas. Gordon ficou sozinho no corredor, oportunidade em que deu mais um "tiro" (soltou mais um pum...); e entrou feliz em seu quarto.

Nisso, Jake já tinha ligado para casa e avisado à sua mãe que não retornaria para casa naquelas férias. Ela ficou triste, por um momento, pois já estava com muitas saudades do filho, mas, ao mesmo tempo, ficou feliz porque o conhecia melhor que ninguém e sabia que ele estava muito animado; sentiu, na voz de Jake, seu entusiasmo e, se o filho estava feliz, ela também estaria, como deve ser com uma verdadeira mãe.

Não foi diferente com os outros: todas as famílias reagiram muito bem porque sentiram a alegria de seus filhos.

Jake, Gordon, Miguel e Nuno, os meninos, praticamente "entraram em coma", "desmaiaram", adormeceram rápido e profundamente, enquanto as meninas curtiam cada detalhe do quarto de princesa em que elas estavam instaladas. Greta ficou ocupada e deslumbrada com as orquídeas que decoravam a varanda de seu quarto; Flora deitada em sua cama, macia e confortável, lia um dos HQs que estava em sua bolsa e Emma brincava com Bipe (para aqueles que não leram o capítulo VI, Bipe é um robozinho que Emma construiu). Depois de um tempo, as meninas também adormeceram.

Todos estavam muito cansados, pois ficaram sem dormir, desde a madrugada que partiram. A ansiedade não permitiu que nenhum deles "pregasse os olhos" nem em casa, nem na Limousine e nem sequer no jatinho...Somente após o mistério ter sido revelado é que os sete conseguiram dormir novamente, como anjos, apesar de tudo que estaria por vir...

Ao acordar Emma pensou:

— Preciso de um banho...Mas, e agora? Vamos ficar aqui sei lá por quanto tempo, e eu não trouxe sequer uma muda de roupa...

Então, Emma apertou o número dois do interfone e, em poucos segundos, ouviu a doce voz do Sr. Getúlio, dizendo:

— Em que posso ajudá-la, senhorita Emma?

Ela respondeu que queria tomar banho e trocar de roupa. Como pensou que ficaria no palácio por apenas algum tempo, não havia levado bagagem; precisaria esclarecer com Heitor essa questão...

O mordomo prontamente acalentou a ansiedade de Emma, dizendo que todas as roupas que estavam nos armários daquele quarto eram para ela. Essa foi a razão pela qual os quartos foram meticulosamente destinados para cada um dos convidados, uma vez que dentro dos armários havia roupas adequadas ao estilo e tamanho de cada um deles.

Não foi difícil para os anfitriões providenciarem as roupas para eles, pois tudo fazia parte do plano da convocação dos escolhidos. Considerando que todos os convidados eram membros da *Star Academy*, os irmãos Oliveira tinham acesso aos registros completos de todos eles (ficha médica, peso, altura e todas as medidas de cada um). Na Academia, todos possuíam até macacões pressurizados para os exercícios de simulação no espaço.

Superada a questão das roupas, porque todos acabaram descobrindo com o Sr. Getúlio que as roupas dos armários eram para eles, todos tomaram banho, arrumaram-se e desceram para o jantar.

Novamente, todos se reuniram na extensa mesa da sala de jantar, fartamente servida. Conversaram descontraidamente e brindaram, mais uma vez, à grande missão de Scotty, que teria seu início efetivo na manhã seguinte.

Após o jantar, foram jogar sinuca e Heitor propôs que a competição fosse em três trios. Assim, Nico sugeriu que ele, Heitor e Miguel fossem escolhendo um a um, com o que todos concordaram.

Então, Nico pegou um dado, jogou e tirou 4; Heitor tirou 1 e Miguel tirou 5, começando, portanto, a escolha do primeiro parceiro. No caso, uma parceira, porque imediatamente Miguel disse:

— Quero a Emma!!!

Emma abriu um sorriso encantador, enquanto Nuno deixou transparecer uma expressão de desgosto. Nesse momento, todos já haviam notado que tanto Miguel quanto Nuno ficaram muito bem, impressionados com Emma. Mas, embora Nuno tivesse "atacado" primeiro (manifestado primeiro o seu interesse), Emma claramente estava mais balançada por Miguel. Apesar dos belíssimos olhos azuis de Nuno, que chamaram muito a atenção dela no início, havia algo de muito encantador em Miguel que a atraía ainda mais.

Apesar de haver muita coisa em comum entre aqueles jovens, sobretudo a genialidade, eles ainda se conheciam muito pouco e as primeiras impressões poderiam, facilmente, mudar com o tempo de convivência que teriam.

Dando continuidade, Nico escolheu Gordon e Heitor chamou Greta (escolher a Flora seria muito óbvio); novamente a vez de Miguel, que escolheu Nuno (para surpreender e evitar hostilidade), seguido por Nico, que escolheu Flora (para provocar Heitor), e Heitor ficou com Jake.

Assim os times ficaram desta maneira: Miguel, Emma e Nuno; Nico, Gordon e Flora; e Heitor, Greta e Jake.

Todos jogaram muito bem, mas a superioridade de Heitor, Greta e Jake foi incontroversa, pois venceram as três partidas da noite.

Por volta das 22 horas, o Sr. Getúlio serviu um chá de camomila para todos e, após a saída do mordomo da sala, Heitor disse que os esperaria para o café da manhã às 6 horas e que depois iriam juntos até o laboratório, no hangar onde aterrizaram, para dar início ao projeto de construção da nave, com o que todos evidentemente concordaram.

É claro que o Sr. Getúlio sabia que seu patrão estava hospedando aqueles jovens para executarem um trabalho, mas jamais poderia imaginar que se tratava da construção de uma nave para a ida daquele grupo ao espaço.

Após o comando do líder, todos se despediram, desejando boa noite e dirigido-se aos seus respectivos quartos.

CAPÍTULO IX

O Início das Atividades

Às 6 horas da manhã seguinte, conforme o combinado, todos estavam reunidos na grande mesa, tomando o café da manhã. Ao terminarem, todos entraram em uma van, a qual foi conduzida até o hangar.

Ao chegarem lá, Nico se despediu do grupo dizendo:

— Bom trabalho e muito boa sorte! Volto agora para São Paulo, para continuar com os meus negócios "medíocres", e retornarei ao Planalto Central Brasileiro, no grande dia, se tudo der certo. Não tenho mesmo como ajudá-los em nada, só na torcida...Então, não adianta nada eu ficar por aqui...Espero o chamado de vocês, o quanto antes, se Deus quiser!!!

Após cumprimentar, um a um, subiu em um dos jatinhos que o aguardava e partiu...

Heitor, então, conduziu o grupo ao laboratório...

Assim que entraram, ficaram perplexos com a magnitude do laboratório, que ficava no subterrâneo, abaixo do hangar.

Começaram o trabalho, esboçando juntos o projeto da futura nave.

Greta, com sua tamanha habilidade em pintura, costumava fazer belíssimos desenhos, tendo se voluntariado para colocar no papel todas as ideias surgidas.

Traço a traço, o desenho da nave ficou pronto. Todos ficaram muito satisfeitos com o projeto. A nave do grupo, claramente, teve como fonte inspiradora a USS Enterprise - NCC - 1701...

Com efeito, todos ali eram fãs de Jornada nas Estrelas; então, as coisas não podiam ser diferentes, e a "musa inspiradora" não podia ser outra. Então, batizaram a nave de BR Serpentire - 0720. A palavra "Serpentire" é um anagrama da palavra "Enterprise"; os números 0720, simbolizam os sete escolhidos dentre os 20 membros da *Star Academy*. Evidentemente, a Serpentire inteira terá seu tamanho equivalente à ponte de comando da Enterprise. Seria impossível construir algo da magnitude da Enterprise em tão pouco tempo...

Terminada essa primeira etapa, fizeram uma pausa para almoçar e relaxar um pouco e, enquanto recarregavam as pilhas, conversaram e riram bastante, sobretudo com as piadas de Gordon.

Emma acionou um dispositivo em Bipe (seu robozinho), fazendo com que ele imitasse o Gordon. Então, quando Gordon falava, Bipe repetia e quando Gordon se movimentava, Bipe repetia os seus trejeitos. Era hilária a imitação e é claro que Emma desligaria o mecanismo quando retomassem o trabalho...Seria impossível a concentração com tanto humor; por isso, até Gordon "desligou" seu repertório durante as atividades: parecia um outro homem...

Após o almoço e as brincadeiras, Heitor informou que no banheiro havia um armário para cada um, com uma *nécessaire*, escova de dente, pasta e fio dental...

Emma foi a primeira a se levantar e se dirigir ao banheiro, seguida por Miguel que, carinhosamente, segurou sua mão, puxando-a rapidamente...

Emma surpresa disse:

— Nossa, quanta pressa para escovar os dentes...

E Miguel, com um belo sorriso, respondeu:

— Gosto de estar bem preparado para ganhar um beijo, nunca se sabe quando pode acontecer...

Os dois escovaram os dentes e, quando terminaram, Miguel aproximou-se de Emma, chegando com sua boca bem pertinho da dela, e disse, sorrindo, encantadoramente:

— Prontinho, estou preparado para ganhar um beijo, se for o caso...

Emma retribuiu o sorriso. Estavam no maior clima, os lábios quase se encostando quando Nuno entrou, seguido por Gordon, que prontamente disparou:

— Opa, desculpem, saída imediata pela esquerda...

O resto da equipe entrou, e todos riram...

Ao acabarem o processo de higiene bucal, retomaram as atividades no laboratório, tendo Heitor dividido as tarefas da etapa seguinte, qual seja o início da construção da Serpentire.

Assim, a nave espacial começou a ganhar vida. Todos trabalharam arduamente, mas felizes, o tempo todo. Tudo fluiu muito bem; qualquer divergência era resolvida democraticamente, ou seja, pela maioria de votos. Os cálculos foram meticulosamente feitos e cada peça encaixada em seu devido lugar. Cada um desenvolvia com maestria a parte que lhe era imputada; todavia, qualquer dúvida era solucionada pela equipe e todos se ajudavam constantemente.

Às 20h, pararam para jantar e voltaram ao trabalho até as 23h, quando Heitor deu por encerrado o trabalho daquele dia. O entusiasmo da equipe era tanto que, por eles, passariam a madrugada dando continuidade à missão, mas Heitor vetou a pretensão dos jovens, que precisavam descansar para prosseguirem de maneira saudável e eficiente...

Dessa forma, entraram na van que os aguardava no hangar e retornaram ao Palácio da Orquídeas.

Assim, despediram-se e foram para seus quartos, após a orientação de Heitor de que a rotina diária seria exatamente aquela e, portanto, que ele os aguardaria, para o café da manhã, às 6h.

Jake entrou no quarto, tomou um banho e foi direto para o computador jogar *StarCraft*. Imediatamente adicionou seus novos amigos Flora e Miguel que já estava *on line*. Miguel e Flora, assim como Jake, tomaram banho e foram para seus computadores para jogar *Starcraft*. Cada um estava em seu quarto, mas jogaram juntos, na liga, pela internet. Jake criou o grupo, convidando Flora e Miguel. Assim, os três jogaram na mesma equipe, 5 partidas de 3x3, e venceram todas, tendo sido a equipe deles classificada como Diamante, subindo, rapidamente, para Mestre nas partidas seguintes. Após as gloriosas batalhas, deitaram e dormiram pesado.

Enquanto isso, Gordon tomou banho, deitou e "babou"...

Emma tomou banho e foi assistir, no *Netflix*, o seriado de 5 temporadas que estava acompanhando, chamado "Diário de um Vampiro".

Nuno e Greta depois dos respectivos banhos, cada um em seu chuveiro, é claro, encontraram-se no salão de jogos para uma partidinha de sinuca, na qual Nuno ganhou de Greta. Depois do jogo, tomaram um leite quente servido pelo Sr. Getúlio e foram dormir.

Finalmente Heitor, após o seu banho, deitou-se para acabar de ler o "Drácula", de Bram Stoker.

CAPÍTULO X

A Construção da Nave Espacial

Às 6 horas da manhã seguinte, novamente, conforme o combinado, todos estavam reunidos na grande mesa, tomando o café da manhã. Ao terminarem, todos entraram na *van* e foram para o laboratório, no hangar.

Continuaram, então, a construção da nave. Tudo parecia estar indo muito bem até que se deram conta de que precisariam de uma peça que não tinha no laboratório. Heitor disse que até que conseguissem comprá-la perderiam alguns dias de trabalho. Emma teve uma idéia: acionou Bipe (seu robozinho) e fez uma pesquisa. Após alguns instantes, Emma disse:

— Bingo!!! Temos a peça de que precisamos na *Star Academy*. Meu professor de engenharia me pediu para fazer um levantamento do estoque de peças dos laboratórios Alfa, Beta, Gama e Ômega, oportunidade em que registrei no Bipe tudo que encontrei. Agora, fazendo uma pesquisa, localizei, no laboratório Alfa, o propulsor de que precisamos.

— Perfeito, será muito mais rápido buscar o propulsor no complexo da Academia Estelar do que encomendarmos outro — disse Heitor, mais esperançoso.

— Quem irá fazer o resgate do propulsor na *Star Academy*? — perguntou Greta.

E Gordon respondeu:

— Quem diz quem...

Greta balançou a cabeça dizendo:

— Por mim, tudo bem!!!

Mas Heitor, imediatamente interveio, dizendo:

— Nuno, por favor, gostaria que fosse você — com o que Nuno concordou.

Assim, Nuno pegou o jatinho e foi para Colossus/CO buscar aquele propulsor na sala Alfa, enquanto os outros davam andamento à construção da Serpentire.

Cabe aqui relembrar que a maior habilidade de Nuno é a medicina (não que ele também não conheça profundamente engenharia espacial); por isso Heitor preferiu que ele fosse buscar o propulsor, deixando Greta, com habilidade máxima em engenharia espacial, prosseguir com a construção da nave.

A equipe de cérebros superdotados estava cercada de livros e peças de alta tecnologia, trabalhando intensamente na construção do que ia além de uma nave espacial, ou seja, na realização de um sonho. Estavam felizes, esperançosos e confiantes, mas, como seres humanos, também sentiam-se, em muitos momentos, acanhados e inseguros, com medo de fracassar...

Os momentos de fragilidade, impasse e insegurança que surgiam na equipe, durante a construção da nave, eram na maioria das vezes resolvidos com a sabedoria de Flora que, temente a Deus, rezava com o seu terço, buscando palavras reconfortantes na Bíblia Sagrada.

Flora repetia em latim, como um mantra:

— *Dominus meus et Deo adiuva me aedificatis spacecraft; Dominus meus et Deo adiuva me aedificatis spacecraft; Dominus meus et Deo adiuva me aedificatis spacecraft...*

O significado do que Flora repetia é "Meu Senhor e meu Deus, me ajude a construir a nave espacial; Meu Senhor e meu Deus, me ajude a construir a nave espacial; Meu Senhor e meu Deus, me ajude a construir a nave espacial..."

De fato, Flora era constantemente iluminada, resolvendo os maiores percalços que a equipe encontrava.

Enquanto a equipe evoluía na construção da nave, Nuno chegou ao complexo da *Star Academy*, foi correndo ao laboratório Alfa, fez a leitura de retinas e digitais e começou a procurar pela peça.

Ocorre que, apesar de toda a organização do local, Nuno não conseguia encontrar o mecanismo. Procurou muito, parecia "agulha no palheiro", e nada do propulsor...

Assim, depois de vasculhar, cuidadosamente, cada canto e prateleira do laboratório Alfa, sem sucesso, resolveu ligar para Emma.

Emma disse que tinha certeza absoluta de que havia um propulsor como o que eles precisavam naquele laboratório. Nuno disse que não tinha nada. Emma insinuou que Nuno não estava procurando direito; então, começaram a brigar...

Heitor interferiu, nervoso, arrancando o celular das mãos de Emma:

— Parem com isso, agora!!! Não temos tempo para desavenças...Vou descobrir o que aconteceu. Nuno, fique por aí mais alguns instantes e aguarde minhas orientações!

Imediatamente, Heitor ligou para Estefano, o professor de engenharia de Emma e indagou sobre a pesquisa que lhe fora solicitada.

Estefano confirmou que havia pedido à Emma o levantamento das peças dos laboratórios Alfa, Beta, Gama e Ômega.

— O motivo de minha ligação não é confirmar o pedido feito à Emma. Confio nela e sei que é tudo verdade, a questão é: Por que você pediu isso a ela e, principalmente, onde está o meu propulsor *AironFlex1500*, que estava no laboratório Alfa? — disse Heitor, tentando se controlar.

Estefano ficou mudo por alguns segundos e, depois, quase gago e muito sem graça, respondeu:

— Me desculpe Heitor está comigo. Estou fazendo um experimento para a *Star Academy* e o peguei.

— Tudo bem, mas do que se trata? Experimento sem o conhecimento da Academia? Você não pode pegar uma peça do laboratório sem prévia autorização.

— Mais uma vez me desculpe, assim que as aulas começarem coloco a peça no laboratório Alfa, no lugar em que estava. Depois lhe mostro meu projeto, mas não é nada importante e nem deu certo mesmo, para ser bem sincero — lamentou Estefano.

— Nem pensar! Preciso do propulsor ainda hoje! — disse Heitor, aflito.

Então, a equipe estava com um grande problema, porque o propulsor estava com Estefano, no Japão.

Heitor ficou furioso quando Estefano lhe contou que havia levado o propulsor para a realização desse experimento no Japão, e, igualmente, pediu que ele aguardasse instruções.

Assim, Heitor tentou comprar outra peça daquela; todavia, não a encontrou em lugar nenhum. Aquele propulsor foi Scotty que havia trazido da NASA.

Lembrando disso, Heitor ligou para Scotty e informou-lhe do problema, oportunidade em que recebeu a notícia de que tal peça havia sido produzida na NASA e que era única. A peça foi criada com uma finalidade, mas não alcançou o resultado esperado, razão pela qual foi desprezada. Nesse, momento, Scotty pediu autorização para ficar com ela, o que lhe foi concedido.

Então, Scotty entregou-a a Heitor que a analisou, constatando suas propriedades e atributos, e a guardou no laboratório Alfa, na *Star Academy*, sem saber da sua exata procedência, ou seja, sem saber de sua origem.

Diante da notícia, como disse Gordon, "*tratando-se de um filho único de mãe solteira...*" o propulsor teria de ser trazido do Japão urgentemente!!!

Dessa forma, Heitor ligou novamente para Estefano e exigiu que ele levasse imediatamente a peça de volta para a Academia, colocando-a no laboratório Alfa, onde estava.

Estefano, apesar de contrariado, teve de providenciar seu imediato retorno com o propulsor, pois não podia se opor ao pedido de um dos irmãos Oliveira, uma vez que não queria perder seu emprego na Academia Estelar (além de já ter "pisado na bola" ao pegar a peça, sem autorização...). Então, devolvê-la, o quanto antes, era o mínimo que deveria fazer....

Após contactar Estefano, Heitor ligou para Nuno, orientando-o no sentido de que permanecesse na *Star Academy* até que o propulsor retornasse ao laboratório Alfa.

Nuno ligou para Emma, ambos se desculparam e fizeram as pazes. No fim do dia, Nuno foi para o seu quarto na *Star Academy*, enquanto a equipe voltou ao Palácio das Orquídeas.

No final da tarde do dia seguinte Estefano ligou para Heitor informando-o que o propulsor já estava na quarta prateleira da esquerda para direita de quem olha, ao lado do esquema da bobina de Helmholtz, onde estava quando Emma fez o levantamento.

Heitor passou as coordenadas para Nuno, que foi correndo ao laboratório Alfa buscar o propulsor.

De posse da peça, Nuno pegou novamente o jatinho e voltou ao Planalto Central. Ao chegar ao hangar, foi até o laboratório e deixou a peça sobre uma das plataformas. Ficou deslumbrado com o avanço que os seus amigos deram na construção da nave, no pouco tempo em que ficou afastado. Já eram quase 11 horas da noite e uma Limousine o aguardava para levá-lo ao Palácio da Orquídeas para se juntar ao grupo.

Chegando lá, Heitor o esperava na sala de estar e Nuno, com um belo sorriso de contentamento, disse:

— Propulsor no laboratório, resgate concluído com sucesso!!!

— Perfeito Nuno! Bom descanso, e até amanhã, às 6 horas, como de praxe.

Após se despedir de Heitor, Nuno subiu a escadaria do palácio, passando pelo grande corredor em direção ao seu quarto. Tocou na maçaneta, mas algo o impediu de entrar... Pensou em Emma e foi imediatamente atraído para o final do corredor. Bateu na porta do quarto de Emma, que a abriu contente, dizendo:

— Olá Nuno, que bom que você voltou!!! Junte-se a nós para jogar um pouquinho; podemos recomeçar...

Emma, Greta, Gordon e Miguel tinham acabado de começar uma partida de *Ticket Ride*. Nuno pegou a latinha verde e eles redistribuíram os caminhos. Cada um pegou suas cartas de destino e iniciaram novamente o jogo. A partida foi muito animada, a garotada se divertiu muito e Gordon foi o grande vencedor da noite.

Vontade de continuar com a brincadeira não faltava, para nenhum deles, todavia, a responsabilidade falou mais alto e todos decidiram ir dormir, tendo em vista o adiantado da hora e a consciência de que a alvorada seria, necessariamente, dali a pouco, e que um longo dia de trabalho os aguardava.

Assim, se despediram, cada um foi para o seu respectivo quarto, e dormiram.

Na manhã seguinte, após o café da manhã, retornaram ao laboratório e colocaram o propulsor na nave. Continuaram trabalhando muito. Algumas tentativas falhavam, mas eles não desistiam e aprimoravam as ideias.

Greta às vezes desanimava e relembrava que, em 2012, o físico da NASA Harold White havia declarado que ele e sua equipe estavam trabalhando no *design* de uma espaçonave mais rápida que a velocidade da luz e que usariam um motor de dobra real para alcançar esse feito. Todavia, em 2014, embora com muitos avanços em seu projeto, ainda não haviam conseguido...

Gordon esclareceu que a equipe de White, que trabalha na Liderança Temática de Propulsão Avançada da Diretoria de Engenharia da NASA, já começou a trabalhar na criação de uma versão real do motor, mas não conta com a colaboração dos 7 escolhidos da *Star Academy*...

Com efeito, os sete escolhidos continuaram trabalhando, sobretudo nos propulsores de íons e plasma, construindo, montando e calculando tudo com a máxima precisão. Assim, dia após dia, naquela agradável rotina, peça após peça, a equipe construía a Serpentire, conquistando seus sonhos...

CAPÍTULO XI

O Teste

Alguns meses se passaram e a Serpentire estava pronta para teste...Gordon, com lágrimas nos olhos, assumiu a direção da nave, ligou o gravador e disse:

— Vinte de março de 2015, 8 horas da noite, a equipe dos escolhidos da *Star Academy*, liderados pelo professor Heitor, inicia teste dos motores da espaçonave BR Serpentire 0720; contagem regressiva em 5, 4, 3, 2, 1...

Ao término da contagem, Gordon acionou os motores. A nave parecia estar funcionando; eles ficaram muito felizes e comemoraram por alguns instantes, mas logo um semblante de preocupação surgiu naquelas jovens carinhas...O conflito pairava no ar: ao mesmo tempo que estavam felizes e orgulhosos com a construção da nave, estavam muito preocupados porque a vida deles estava em jogo...A Serpentire estava linda, funcionando lá no hangar, mas e no espaço? Será que chegaria até lá? E por quanto tempo aguentaria? O que iria acontecer com eles?

Heitor não conseguia esconder seu contentamento, uma alegria incomensurável, difícil de descrever (principalmente porque ele não embarcaria, então, não correria nenhum risco...).

Gordon encerrou a gravação dizendo:

— Teste realizado com sucesso absoluto!!!

Foram para o Palácio das Orquídeas, comemorar e planejar a partida...

Scotty que já sabia que a nave estava em fase final de construção, propositadamente, tirou férias e veio para o Brasil. Ele estava na casa de Nico, em São Paulo, quando o telefone tocou. Era Heitor, contando aos irmãos que o teste havia sido realizado com sucesso e que a partida seria às 11 horas da noite, do dia seguinte. Scotty e Nico pegaram o jatinho e foram para o Palácio das Orquídeas no Planalto Central.

Brindaram e comemoraram em um jantar ainda mais nababesco do que fora a comilança na grande recepção, quando tudo começou...

Mas, com não podia ser diferente, junto com toda aquela alegria, começou a "sessão nostalgia"...

Todos ligaram para as famílias e contaram, somente, que iriam para o espaço (sem nenhuma referência à busca do "planeta de Scotty") e se despediram, relembrando, mais do que nunca, o segredo de tal informação.

Escreveram cartas e as deixaram com Heitor, caso o pior acontecesse.

Jake não conseguiu evitar de rememorar o desastre do ônibus espacial Columbia, o primeiro ônibus espacial desenvolvido pela NASA, que se desintegrou em 2003, matando sete astronautas que estavam em órbita havia 16 dias.

Gordon, sempre tentando animar, retrucou que o Columbia sobreviveu a 27 missões antes de se desintegrar.

Heitor esclareceu que a causa essencial do acidente com o Columbia foi uma brecha que se abriu no sistema de proteção térmica da asa esquerda, originada por um pedaço de espuma isolante que se soltou do tanque externo, aproximadamente 8 segundos depois do lançamento. Na reentrada (retorno de um veículo espacial à atmosfera terrestre), esse buraco permitiu que o ar superaquecido penetrasse através do isolamento e derretesse a estrutura da asa esquerda, causando um grande enfraquecimento estrutural na espaçonave. Assim, o ônibus espacial ficou mais suscetível às forças aerodinâmicas e ao atrito causado pela densidade atmosférica. Com isso, o Columbia perdeu a asa e ficou completamente descontrolado até se despedaçar.

— Que tragédia!!! — exclamou Emma, assustada — E para completar, eram sete astronautas como nós...

Heitor disse:

— Vocês serão oito, lembrem-se de que Scotty irá com vocês, e relaxa, querida, tudo foi checado inúmeras vezes; está tudo em ordem e sob controle...Vai dar tudo certo!!!

Gordon disse:

— Calma amiga, se é para comparar, então, ainda temos 26 chances...É nosso baile de debutantes, nossa primeira vez, vamos conseguir!!!

Flora, na mesma esteira que Jake, durante a "sessão nostalgia", relembrou os 21 mortos em lançamento de foguete no Brasil, também em 2003.

— Foi durante o lançamento de dois satélites que seriam colocados em órbita pela agência espacial brasileira. O foguete que levaria os equipamentos ao espaço explodiu, matando 21 funcionários do CTA - Centro Técnico Aeroespacial de São José dos Campos/SP — completou Miguel.

Heitor interveio, dizendo que a causa foi um incêndio no lançamento e que investigações posteriores apontaram a presença de gases perigosos e voláteis, sensores deteriorados e interferência eletromagnética no Centro de Lançamento de Alcântara, no Maranhão. Nada a ver com vocês... Fiquem tranquilos, nada disso irá acontecer, vocês estão indo em uma nave espacial única, feita pelos cérebros mais brilhantes que já conheci, com a mais alta tecnologia e segurança máxima...

Greta com firmeza disse:

— Ninguém aqui é obrigado a ir e quem está com muito medo, inseguro ou com mal pressentimento, ainda está em tempo de desistir...

— Isso mesmo!!! — concordou Heitor.

Greta completou dizendo:

— Confesso que estou com muito medo, mas não quero deixar de ir. Não perderia isso por nada...

Na mesma hora, todos levantaram os copos para um brinde, dizendo:

— Ao sucesso da partida!!! Ao sucesso da missão!!! Que Deus nos proteja!!!

Curiosamente, após o jantar, todos preferiram se recolher mais cedo do que o habitual, abdicando do *Starcraft*, da sinuca, dos jogos de tabuleiro, dos seriados e dos livros...

Após o banho e o leitinho morno, levado pelo Sr. Getúlio porta a porta para cada um, a garotada adormeceu, enquanto Heitor aguardava a chegada de seus irmãos.

Assim que Scotty e Nico chegaram, reuniram-se com Heitor na sala de estar, oportunidade em que conversaram bastante sobre toda a construção da nave, do estado emocional dos escolhidos e, infelizmente, sobre o lucro da missão.

Lamentavelmente o que eles queriam, acima de tudo, era o dinheiro, o poder e a fama...Imaginem a repercussão para eles, sobretudo para Scotty, membro da NASA, provar a existência de outro planeta, sem a efetiva participação da NASA na missão.

O Sr. Getúlio, não sabia o que era, mas percebeu a movimentação estranha na casa, e estava muito preocupado, com medo de a garotada ir embora. Então, entrava a cada pouco na sala de estar, sob o pretexto de levar alguma guloseima aos patrões, a fim de tentar ouvir a conversa e descobrir alguma coisa, todavia, sem sucesso. Os Oliveiras, muito sabiamente, captaram a intenção do mordomo e sempre desconversavam quando ouviam seus passos.

Depois que colocaram os assuntos em dia e fizeram muitas conjecturas e planos, os três foram se dirigindo aos seus quartos e Scotty disse aos irmãos:

— Amanhã, a esta hora, estarei na Serpentire, explorando o espaço sideral... Acho que preciso de um banho para me refrescar, estou me sentindo tão quente! Deve ser a emoção... Boa noite irmãos, e até amanhã!!!

Nico e Heitor responderam, e cada um entrou em seu quarto. Scotty tomou um banho e deitou-se.

Três horas depois, Scotty ligou para o Sr. Getúlio e o chamou com urgência.

O mordomo correu (modo de falar, o velhinho caminhava bem devagarzinho, ele foi o mais rápido que pôde...) para o quarto de Scotty, que estava ardendo em febre e se contorcendo de dor.

Scotty pediu ao Sr. Getúlio que providenciasse dipirona para ele, com o que ele não concordou, dizendo:

— Não senhor, é melhor chamarmos um médico...

Então, Scotty pediu-lhe que chamasse o Nuno, ao que o mordomo atendeu prontamente e, em pouco tempo, Nuno apareceu no quarto de Scotty, com toda a parafernália médica.

Ao examiná-lo (mediu a temperatura e a pressão, auscultou os pulmões, verificou a garganta e os ouvidos e fez uma série de perguntas) e, sem surpresa, exclamou:

— Bem vindo ao Brasil, Scotty!!! Sinto muito, mas acho que você está com dengue!!! Você ficou por três semanas na casa de Nico em São Paulo, onde está tendo uma grande epidemia de dengue. Você está com febre alta e muita dor no corpo, sobretudo essa dor característica que você descreveu atrás dos olhos. Ademais, você não está com nenhuma inflamação na garganta nem nos ouvidos, nem secreção no nariz ou nos pulmões, que poderiam sugerir um resfriado que justificasse a febre, o que não é o caso. Você precisa de repouso e muito líquido...

O Sr. Getúlio desceu para encher de água a garrafa de Scotty, que desabafou com Nuno, assim que o velhinho saiu de seu quarto:

— Que droga! Justo agora! Não posso deixar de ir com vocês…

— Entendo seu desgosto, mas você não pode ir assim, podemos adiar a partida até você se recuperar… — retrucou Nuno.

— De jeito nenhum!!! A Serpentire parte hoje, com ou sem mim — afirmou Scotty, totalmente decepcionado.

CAPÍTULO XII

Momentos que Antecederam a Partida

Às 6 horas, como de costume, um a um, eles foram aparecendo para o café da manhã, apesar de que, naquele grande dia, não precisariam ir para o laboratório tão cedo, principalmente porque a partida seria somente às 23 horas.

Como a garotada fora dormir cedo, todos já estavam de pé, bem dispostos, e ansiosos acima de tudo, exceto Nuno, que foi acordado por volta das 3 da manhã, para examinar Scotty, tendo dificuldade para adormecer novamente. Nuno estava de pé, tão ansioso quanto os outros, mas não tão bem disposto; o soninho estava batendo...

Heitor e Nico também se sentaram à mesa para o café da manhã e perguntaram sobre Scotty.

Nuno, então, contou aos irmãos e aos seus amigos o que havia acontecido durante a madrugada. Informou que Scotty estava com dengue e não poderia partir na Serpentire, mas estava decidido a não postergar a missão, com o que todos concordaram.

Terminada a refeição, Heitor disse:

— Precisamos rever alguns pontos para a missão, principalmente quem será o novo líder, já que Scotty não irá com vocês.

Jake completou:

— A minha maior preocupação é com relação às coordenadas do planeta, porque embora o Scotty já tenha nos mostrado a localização, devemos estudá-la melhor. Precisamos, agora, pegar todo o equipamento do Scotty, sobretudo os desenhos das coordenadas e nos preparar direito. Será completamente diferente sem ele...

— Acho que encontramos o novo líder! — disse Nico.

Todos concordaram e, assim, Jake foi eleito o novo líder da missão de Scotty. Superada essa questão, Heitor sugeriu que eles partissem para o hangar logo após o almoço para os preparativos finais.

Greta, quem mais ficou abalada com a notícia de que Scotty não iria com eles, levantou a possibilidade de Heitor ou eventualmente Nico acompanhá-los.

Ocorre que a ideia foi prontamente rechaçada. Heitor disse que não passava bem nem em viagens de avião, quiçá em uma espaçonave, e que o papel dele era na construção da Serpentire e não na aventura de explorar o espaço. Nico asseverou que tinha muito medo — na verdade, pânico —, e que, muito provavelmente, mais atrapalharia o grupo do que ajudaria em qualquer coisa.

Os escolhidos entenderam, respeitaram e concordaram com as explicações que lhe foram dadas e subiram pela grande escadaria, despedindo-se e dizendo:

— Até mais tarde, então!!!

Gordon convocou os amigos para uma reunião em seu quarto...Todos entraram e se acomodaram no quarto de Gordon e começaram a conversar baixinho, somente os sete.

Emma abraçou os amigos, começou a chorar e disse:

— Vocês se lembram dos sete astronautas do Columbia? Sem o Scotty, agora também seremos sete...

Gordon, tentando animar a amiga disse:

— Santa profecia!!! Deixe para se preocupar em nossa vigésima sétima missão...Além disso, o Bipe será nosso oitavo passageiro...Fique tranquila!!!

Miguel, que estava muito contemplativo, disse:

— Apesar da segurança que o Scotty nos dava, com relação às coordenadas, não é nada de que não possamos dar conta sozinhos e, honestamente, prefiro que somente nós sete partamos juntos. O sonho de viajar pelo o espaço é nosso. Eles estão buscando uma mina de ouro, não importa o que seja, nem onde esteja... Se fosse uma cidade num abismo, no fundo do mar, iam convocar a gente para construir um submarino...O sonho deles é a descoberta, a fama e o dinheiro, e Scotty quer provar para a NASA que ele tem razão, se é que ele tem mesmo... É o que vamos descobrir... Mas, alcançar o espaço, é o nosso sonho...

— Concordo — disse Emma, enxugando as lágrimas. O espaço não faz diferença para eles...Poderia ser o fundo do mar que, para eles, o sentimento seria o mesmo. Mas, não para nós. A emoção e o grande sonho é o espaço! Nós somos fãs das Jornada nas Estrelas e não das Vinte Mil Léguas Submarinas. Não que também não seja uma obra literária espetacular, mas o fundo do mar não é o nosso sonho...

Gordon, em tom infame, disse:

— O irônico seria se a Serpentire caísse do espaço e acabasse nas profundezas do mar...Para quem tem os dois sonhos, espaço e fundo do mar, mataria dois coelhos com uma cajadada só... Realizaria os dois sonhos na mesma viagem!!!

— Cala a boca, Gordon!!! — disse Nuno, impaciente.

Flora, ignorando a piada sem graça de Gordon, completou:

— Concordo com o que vocês estão dizendo, mas preferiria que Scotty ou Heitor fossem conosco.

E Greta emendou dizendo:

— Fui eu que levantei a possibilidade de Nico ou Heitor irem conosco, já que Scotty não vai mais...Coitado, lamento que esteja doente, mas, pensando bem, também acho muito melhor irmos só nos sete...

Nuno, que estava rabugento de sono, disse que preferia fazer a viagem sem o Gordon também, mas logo se arrependeu e pediu desculpas ao amigo, dizendo:

— Foi mal, amigo, você é essencial nessa viagem como piloto, pois é o melhor que temos e, principalmente, como meu irmão.

Gordon e Nuno se abraçaram, e todos pularam em volta deles. Jake finalizou, dizendo que estavam todos ansiosos pela partida e nervosos com tanta responsabilidade, o que era deveras compreensível, tendo em vista tudo aquilo que estavam vivendo, mas tinha fé em que tudo daria certo.

Emma, novamente com lágrimas nos olhos, agradeceu a todos, dizendo que, independentemente do que iria acontecer, ela já estava muito realizada por ter entrado na *Star Academy*, por ter sido uma das escolhidas para a missão de Scotty e, principalmente, por ter conhecido pessoas tão maravilhosas quanto eles...

Nesse momento, Miguel disse:

— Concordo com tudo isso e faço minhas as palavras da Emma. E, segurando a cabeça de Emma com as duas mãos, olhou fixo em seus olhos e continuou dizendo:

— E por não saber o que vai acontecer, não posso esperar mais para fazer o que, desde que te conheci, tive muita vontade de fazer...

Deu-lhe um caloroso beijo na boca... Após o beijo, entreolharam-se, felizes, e sorriram com cumplicidade.

Os sete estavam com as emoções tão intensificadas que, durante a longa conversa que tiveram, desabafaram, choraram e riram muito juntos, terminando tudo aquilo com um sincero e carinhoso abraço coletivo. Era unânime o sentimento deles de que nunca haviam conhecido pessoas tão incríveis, em todos os sentidos...Tornaram-se, indubitavelmente, os melhores amigos. Miguel e Emma compartilhavam desse sentimento profundo de amizade entre os sete, mas, entre os dois, havia algo ainda muito maior...

O grupo foi, então, ao quarto de Scotty, onde encontraram Nico e Heitor com ele. Pegaram o equipamento de Scotty e ouviram atentamente todas as orientações. Passaram e repassaram as coordenadas, diversas vezes, para não cometerem nenhum erro. E Jake, confiante, disse:

— Se esse planeta existe mesmo, Scotty, iremos encontrá-lo, pode ter certeza!!!

Mais uma vez, Scotty lembrou a necessidade de a equipe registrar toda a viagem, com muitas fotografias, gravações de áudio e vídeo, pedindo atenção máxima para o rádio da nave, único canal de comunicação com eles na Terra. Ressaltou que ficariam na estação de rastreamento, no comando terrestre, o tempo todo, e evidenciou, novamente, a necessidade de tomarem todo o cuidado com o equipamento de comunicação. Salientou, ainda, que iriam se revezar, a fim de que sempre tivesse um deles na escuta para receber as informações...

Heitor completou a "cartilha" de Scotty, dizendo:

— Lembrem-se, também, de que, haja o que houver, vocês precisam retornar à Terra em, no máximo, 15 dias. É o tempo que a Serpentire poderá suportar a viagem com segurança...

Os sete escolhidos balançaram a cabeça, demonstrando que captaram todas as instruções, as quais seriam rigorosamente seguidas. Miguel finalizou dizendo:

— Fiquem tranquilos, seguiremos as orientações à risca e daremos o nosso melhor pela missão de Scotty, assim como nos empenhamos até agora, de corpo e alma, na construção da Serpentire.

Feito isso, os sete desceram para almoçar, junto com Nico e Heitor, permanecendo Scotty "de molho" na cama...E não demorou muito para o Sr. Getúlio entrar no quarto de Scotty, levando o almoço do enfermo.

Após terminarem a refeição, subiram novamente, escovaram os dentes, pegaram tudo de que precisavam e despediram-se de Scotty.

A despedida foi bastante comovente, mas todos preferiram não prolongá-la em demasia.

Assim, depois do forte abraço que cada um deu em Scotty, saíram do quarto, ouvindo sua última recomendação, em tom de brincadeira, no sentido de que não voltassem à Terra sem encontrar o planeta dele. Scotty fez a brincadeira no intuito de descontrair o clima de emoção e desfazer os nós nas gargantas. Todos sorridentes responderam em coro:

— Pode deixar!!!

Um a um, foram saindo do quarto. Gordon foi o último, fechando a porta.

Os sete foram para a *van* junto com Nico e Heitor e seguiram para o laboratório no hangar. Ao chegarem lá, fizeram os últimos testes, os ajustes finais, repassaram a lista de afazeres, bem como as coordenadas do suposto planeta e, ao concluírem tudo, já havia anoitecido.

Um frio na barriga, uma ansiedade incomensurável, algo indescritível tomou conta daqueles sete jovens.

Fizeram um lanche na sala VIP do hangar e quase não conseguiam mais falar; ficaram introspectivos aguardando a partida.

Eram 22h40min quando Scotty apareceu no hangar. Ele não podia perder aquele momento histórico de sua missão: a partida dos sete escolhidos rumo às suas coordenadas espaciais.

Faltando 5 minutos para a partida, com tudo devidamente pronto, Nico, Heitor e Scotty acompanharam os sete até o interior da nave. Scotty fez um esforço descomunal para acompanhá-los, porque a febre estava muito alta e as dores eram muito intensas.

Os sete deram um último abraço nos irmãos Oliveira e buscaram seus lugares. Gordon assumiu a cadeira da frente do piloto. Ao seu lado esquerdo, Greta e, ao direito, Miguel. Atrás deles, no centro, Jake. E, atrás de Jake, Nuno, entre Emma à sua direita e Flora à sua esquerda.

Assim que os sete se posicionaram, Scotty tirou uma foto deles com o celular e disse:

— Que orgulho!!! Que Deus os abençoe!!!

Nico disse:

— Ao nosso sucesso!!!

E Heitor falou:

— Até breve, meus pupilos queridos!!!

Os três desceram da Serpentire e voltaram aos seus postos na torre de rastreamento.

Faltavam dois minutos para as 23horas, Miguel levantou-se, foi até Emma, e disse com lágrimas nos olhos:

— Eu te amo muito, e conhecer você foi a melhor coisa que aconteceu na minha vida!!!

E ela, igualmente comovida, disse:

— Agora, faço minha as suas palavras... — e se beijaram...

Miguel e Emma estavam se beijando deliciosamente, quando foram interrompidos pelas palavras de Gordon:

— Vinte e um de março de 2015, 11 horas da noite, e a equipe dos sete escolhidos da *Star Academy* (Gordon, Greta, Miguel, Emma, Nuno e Flora, liderados por Jake) dará início à contagem regressiva para a partida da espaçonave BR Serpentire 0720 para o espaço. Motores ligados e propulsores ativados...Ops! Não podemos nos esquecer da presença do Bipe... Assim, a Serpentire parte com 8 passageiros terráqueos: 7 humanos e 1 robozinho.

Miguel voltou correndo para sua cadeira e apertou o cinto de segurança. Os onze fizeram juntos a contagem regressiva: oito na nave, e Scotty, Heitor e Nico os acompanhando pelo rádio...

CAPÍTULO XIII

A Partida

Dez, nove, oito, sete, seis, cinco, quatro, três, dois, um...E a Serpentire foi lançada, do meio do Planalto Central Brasileiro, rumo ao espaço sideral, carregando sete seres humanos incríveis, pessoas muito inteligentes, íntegras, e do bem, acima de tudo...

As primeiras palavras de Flora após a contagem foram:

— *Sit Deo illius cum us...*

Traduzindo as palavras de Flora: *"Que Deus esteja com a gente..."*.

Tudo correu muito bem na partida, cada coisa funcionando como deveria. Todos estavam muito aliviados, por estarem vivos, pois, graças a Deus, não houve nenhum incêndio, a Serpentire não perdeu nenhuma peça e nem se desintegrou...

Quando chegaram a uma altura superior ao que haviam atingido em viagens de avião, ficaram muito empolgados. Gordon, conforme haviam deliberado, após a contagem regressiva, passou a responsabilidade da gravação dos relatórios para Greta, que assumiu muito bem o posto, descrevendo desde o funcionamento da Serpentire até o que estavam vendo, ouvindo e sentindo.

Em terra firme, Scotty e Nico voltaram para o Palácio das Orquídeas, e Heitor ficou de vigília na torre de rastreamento, acompanhando seus pupilos, de prontidão para qualquer eventualidade.

Por volta de 1 hora da madrugada, estavam todos muito cansados, principalmente Nuno, pelo motivo que vocês já sabem (a doença de Scotty), oportunidade em que decidiram fazer o primeiro rodízio para dormirem. Nuno, Flora e Greta foram os primeiros a dormir. O rádio estava desligado, mas Emma assumiria o lugar de Greta na gravação, se algum registro fosse necessário. Os três dormiriam até as 7horas, quando deveriam render os outros. Assim, Jake, Gordon, Emma e Miguel foram substituídos por Nuno, Flora e Greta. Nuno assumiu o posto de liderança de Jake, Flora assumiu o posto de piloto de Gordon e Greta voltou ao seu posto no rádio.

Nuno disse:

— Agora Flora é o piloto, boa sorte!!!

Gordon, antes de dormir, fez mais uma de suas piadas:

— Gordo(n) é gordo e é piloto...Que pleonasmo!!! Segundo um dos verbetes do dicionário, "piloto" é um indivíduo ou animal muito gordo. Que ironia do destino para mim!!! Bem, mas a Flora é esbelta; então, Flora não é piloto... Lógica portuguesa, com certeza!!!

Todos riram e Greta disse:

— Em sendo assim, eu sou piloto...Não sabia que a palavra piloto tinha também esse significado, então, prefiro dizer que sou piloto a dizer que sou gorda...

Greta também é bem gordinha, mas não tanto quanto Gordon. Os dois são lindos e muito bem resolvidos. Gordon aproveitou o ensejo e deu uma cantada em Greta:

— Querida Greta, somos inevitavelmente perfeitos um para o outro...Eu sou GG (Gordon e Gordo) e preciso de GG. Você é GG (Greta e Gorda) e precisa de GG. Se sobrevivermos à missão de Scotty, você aceita ser minha esposa?

Greta deu um sorriso lindo e respondeu:

— Eu adoraria...

Um coro na nave soou:

— Uhuuuuuu!!!

Gordon deu um beijão em Greta e a galera foi ao delírio, principalmente Greta.

Ela ficou "roxa", de tão encabulada, mas superfeliz!!! Gordon parecia uma criança, não conseguia esconder sua alegria e o contentamento; afinal Greta é a sua primeira namorada!!! Gordon ainda antes de ir dormir disse:

— É mais fácil chegar ao espaço com um beijo da Greta do que com a Serpentire...

Gordon levou Greta até seu posto, deu-lhe mais um beijo, e foi se deitar.

As acomodações eram precárias, havia somente quatro camas (2 beliches), pois a Serpentire era pequena e não tinha espaço para colocar mais nada.

Emma e Miguel deitaram-se juntos em uma das camas de cima, Jake ocupou uma das debaixo e Gordon a outra.

O turno deles foi até as 13 horas. Ao acordarem, os sete fizeram a primeira refeição oficial no espaço. Greta gravou o relatório, registrando tudo, até o início de seu namoro com Gordon. Nuno, Flora e Greta já haviam tomado um Toddynho ao acordarem, às 7 horas. Gordon, Jake, Emma e Miguel também já haviam tomado os seus Toddynhos, no mesmo horário, antes de irem dormir.

Eles comeram uns sanduíches naturais que estavam na pequena geladeira com *freezer*, levados somente para os dois primeiros dias; a partir daí seriam somente os enlatados (atum, milho, ervilha, grão de bico, sardinha etc...) e os congelados que estavam no *freezer*.

O rádio, apesar da distância que eles já estavam da Terra, às vezes sofria alguma interferência, todavia, estava funcionando muito bem, dentro do que eles esperavam. Na Terra, Heitor voltou ao Palácio das Orquídeas e Nico assumiu o posto na torre de rastreamento. Scotty estava passando muito mal, não tinha condições físicas para suportar uma vigília.

Conversaram um pouco com Heitor, depois um pouco com Nico, mas a comunicação foi ficando cada vez menor.

Nuno monitorava a temperatura e a pressão arterial dos sete, com frequência, e tudo estava indo muito bem.

Imaginem que tudo estava fluindo como nas missões da Enterprise, todavia, sem a magnitude e o conforto que os tripulantes tinham (nas acomodações, com a comida sintetizada, o teletransporte, os *tricorders*, o *holodeck* etc), mas, também, sem os ataques dos *klingons*.

CAPÍTULO XIV

Nem Tudo São Flores

Durante uma das avaliações que Nuno fez em Gordon, percebeu que sua pressão estava um pouco alta e, considerando que sua alimentação já estava bem mais saudável do que a habitual (com menos sal e gordura), decidiu dar-lhe uma medicação.

Nuno abriu sua "santa maletinha" e tirou de dentro dela uma caixa escrita "Maleato de Enalapril".

Então, Nuno pediu a Gordon que tomasse o comprimido e lhe explicou que aquilo era um medicamento pertencente ao grupo de fármacos chamados de inibidores da ECA, ou seja, inibidores da "enzima conversora de angiotensina". O maleato de enalapril dilata os vasos sanguíneos, o que propicia ao coração bombear sangue com mais facilidade para todas as partes do corpo.

— E isso ajuda a diminuir a pressão alta — complementou Gordon, relembrando que também teve aulas de medicina na *Star Academy*.

Nuno deu risada do amigo e insistiu em continuar o atendimento:

— Via de regra, esse medicamento começa a agir uma hora depois de tomado, e seu efeito dura pelo menos 24 horas. Em alguns casos, várias semanas poderão ser necessárias para completar o tratamento até que se atinja o efeito esperado com a regularização da pressão arterial.

Após engolir o remédio, Gordon brincou:

— Positivo e operante, mas tudo isso é culpa da Greta. Meu coração vai explodir de tanto amor...

Greta abraçou Gordon com força e lhe deu um beijo. E, em seguida, Gordon disse que seu coração não iria resistir, pedindo outro comprimindo para Nuno. Todos riram muito.

Uma hora depois, Nuno mediu, novamente, a pressão de Gordon que já havia baixado.

Superada a questão do Gordon, Nuno enfrentou mais duas intercorrências. Uma delas, na averiguação de rotina de temperatura, percebeu que a de Flora estava um pouco acima do normal, todavia, ela disse que estava se sentindo muito bem. Contudo, algumas horas mais tarde, Flora reclamou que estava com dor de garganta, inapetente e, quando Nuno mediu novamente sua temperatura, a febre havia subido.

Então, Flora também foi medicada, somente com dipirona e pastilhas para a garganta, e ficaria em observação.

Graças a Deus, igualmente, não era nada grave, e não demorou muito para a medicação fazer efeito e o organismo de Flora reagir. No dia seguinte ela já sentia-se bem melhor.

A outra intercorrência aconteceu com Miguel, um pouco depois que Nuno medicou Gordon e antes de constatar a febre de Flora. De repente, ele ficou todo empipocado. Miguel comeu sardinha pela primeira vez, e não deu muito certo; teve uma baita alergia. Ele não parava de se coçar; somente as piadas de Gordon o fizeram relaxar um pouquinho...

Gordon fez "lavagem cerebral" na tripulação, cantando o seguinte trecho da música Jordy - *Dur Dur D'Etre Bebe*:

— *"Pourquoi ci pourquoi ça; Pourquoi c'est comme ci; Pourquoi ci pourquoi ça; Pourquoi c'est comme ça."*

E, zoando, cantava:

— Coça aqui, coça lá, coça aqui e ali. Coça aqui, coça lá que vai "começá"...

As palavras cantadas por Gordon em português, assemelham-se com algumas palavras da música em francês. A tradução evidentemente não é essa, mas o som de algumas palavras são bem parecidos, e foi o uso da mesma melodia, regado da criatividade de Gordon, naquele contexto, que contagiou a equipe.

Nuno deu Polaramine para Miguel e ele dormiu como um anjo (esse remédio pode dar sono). Ele acordou muito melhor, mas precisou tomar ainda algumas doses dessa medicação.

Mesmo com Miguel dormindo, sem se coçar, Gordon não parava de cantar e, dessa vez, quem fez a piada foi Jake que disse:

— Quem, na verdade, está precisando tomar Polaramine é o Gordon, para dormir e parar de cantar. Todos riram, principalmente Gordon que emendou:

— Que orgulho amigo, está aprendendo, mas precisa comer ainda muito arroz com feijão!!!

Todos tinham noções básicas de medicina, todavia, o conhecimento de Nuno era significativamente maior, assim como Gordon para a pilotagem e para as piadas. Passados os pequenos sustos, a viagem prosseguiu calmante...

CAPÍTULO XV

A Procura das Coordenadas de Scotty

Finalmente, após 5 dias de viagem, estavam bem próximos das coordenadas de Scotty. A ansiedade era muito grande para saber se encontrariam ali um planeta, como ele esperava. Eles nunca souberam como Scotty chegou àquelas coordenadas, e em que se baseou para concluir que lá havia um planeta. Com efeito, não sabiam nem como nem porque Scotty achava isso. Ele nunca revelou suas razões, e deixou claro que assim deveria ser.

Todos estavam muito aflitos para saber o que iria acontecer. Scotty, mesmo muito doente ainda, fez questão de, no quinto dia, ir até a torre de rastreamento para acompanhar a Serpentire, ou seja, para acompanhar o seu módulo de comando e serviço. O módulo de comando e serviço é a nave espacial Apollo, e Scotty, gosta de se referir à Serpentire da mesma forma.

O quinto dia foi o mais esperado por todos, porque, pelos cálculos de Scotty, as coordenadas do planeta seriam alcançadas nesse dia.

Assim, Scotty, Heitor e Nico não paravam de contatar a Serpentire, a fim de saber se haviam localizado alguma coisa.

Greta, que estava no comando do rádio, já estava ficando irritada...

— Parece que estamos na busca de um baú do tesouro e que os piratas estão desesperados, temendo que nós fujamos com todo o ouro e as pedras preciosas...

Gordon, no mesmo instante, concordou com a sua amada e disse:

— Diga, mais uma vez, que se encontrarmos qualquer coisa, imediatamente eles serão notificados e, independentemente de qualquer coisa, daqui a algumas horas, ligaremos o rádio que, agora, será desligado. Diga ainda que, por estarmos no momento crucial de nossa missão, o grupo deve estar totalmente concentrado e coeso, e a conexão com o rádio só está atrapalhando. Feito isso, desligue o rádio, certo capitão? — disse Gordon, dirigindo seu olhar ao líder Jake.

Jake, com toda a convicção, autorizou Greta a seguir as instruções de Gordon: dizer tudo aquilo e desligar o rádio em seguida.

Greta, prontamente, seguiu as orientações e, finalmente, desligou o rádio.

Scotty, Heitor e Nico não gostaram nem um pouco da conduta da equipe, no entanto, nada podiam fazer. Então, Heitor, para acalmar seu irmão disse:

— Calma, mano, assim que eles localizarem o planeta vão nos ligar imediatamente.

Passados mais alguns instantes, Miguel, que estava operando um dos painéis de controle, avistou algo na tela. O radar da Serpentire estava piscando, mostrando a localização de algo que estaria aproximadamente a um dia e meio dali. Gordon concordou com a cabeça e disse:

— Isso mesmo, acho que encontramos o planeta!

Flora, empolgadíssima, teve um primeiro impulso de dizer para a equipe avisar os irmãos Oliveira, mas Jake falou com firmeza:

— Não vamos avisar nada ainda; primeiro, porque não sabemos do que se trata; segundo, porque seja o que for não está precisamente nas coordenadas de Scotty que, aliás, ficam exatamente aqui onde estamos agora; e terceiro, porque, considerando a ganância daquela família, não podemos expor um planeta (se for mesmo um planeta...) sem saber, primeiro, o que há nele.

Emma concordou com Jake, seguida pelos demais e, por fim, a própria Flora compartilhou da mesma opinião, fazendo uma ressalva no sentido de que o fato de não terem encontrado o planeta nas coordenadas indicadas por Scotty não significava que ele estivesse errado; muito pelo contrário, porque, daquela posição indicada por Scotty, a equipe conseguiu avistar alguma coisa que poderia muito bem ser o planeta...

Flora continuou dizendo que:

— Se o que nós avistamos for mesmo um planeta, significa que Scotty está realmente coberto de razão, por isso não concordo com Jake acerca deste argumento, mas, concordo em não avisá-los, pelo menos por enquanto, pelos primeiro e terceiro motivos apresentados por Jake, quais sejam não sabermos ainda do que se trata, bem como para não expormos o planeta, se for um planeta, sem sabermos o que há nele.

Flora estava certa e todos reconheceram, inclusive Jake, que complementou:

— Você tem razão, e digo mais, o fato de termos avistado algo, independentemente do que seja, tecnicamente, deveríamos avisá-los, mas o coração me diz que devemos aguardar, e isso é simplesmente mais forte para mim do que qualquer outra justificativa.

Flora, ficou com lágrimas nos olhos e disse:

— Também não sei explicar, mas quando eu disse, naquele primeiro momento, que precisávamos avisá-los, senti uma forte angústia e percebi que não deveríamos fazê-lo, ainda antes de você começar a argumentar.

Terminando a conversa acerca do que haviam avistado, todos concordaram, por unanimidade, que nada deveria ser avisado aos irmãos Oliveira, independentemente de qualquer argumento, pura e simplesmente porque fora o que o coração daqueles jovens lhes falou em uníssono. A sintonia daquela equipe era algo extraordinário...

Outra decisão importante que tomaram era a de que iriam levar a Serpentire até aquele ponto piscante no radar da nave e que retornariam imediatamente para a Terra caso aquilo fosse um meteoro, um asteroide ou qualquer outra coisa do gênero, bem como, se aquilo fosse um planeta, desceriam da Serpentire e explorariam tudo, de cabo a rabo.

Gordon estava feliz, mas com muita fome...Sonhava com uma feijoada, repleta de bacon e naquele momento, deseja até a couve e a laranja que sempre desprezara. Greta sonhava com um *Big Mac*...Todos estavam famintos, sonhando com comida de verdade, comida caseira, feita na hora de comer. Já estavam saturados de só comer enlatados e congelados.

Nuno, o médico da equipe, que, como dito anteriormente, monitorava com frequência a temperatura e a pressão dos tripulantes da Serpentire, além de fazer um cuidadoso exame clínico, constatou que todos haviam perdido peso, principalmente o casal Gordon e Greta, por razões óbvias: os mais gordinhos perdem os primeiros quilos com mais facilidade.

O namoro de Emma e Miguel estava indo muito bem assim como o de Greta e Gordon. Estavam apaixonados.

Gordon adorava cantar a música *Love is in the air*, de John Paul Young, trocando o *air* por *space*:

— *Love is in the space; Everywhere I look around; Loves is in the space; Every sight and every sound...*

Com efeito, a música virou a trilha sonora da missão, *Love is in the space*, com a adaptação de Gordon, e todos cantarolavam com frequência, principalmente, quando um dos casais era flagrado se beijando, a música *Love is in the space* era ouvida na sequência, como tradução simultânea.

Passadas algumas horas, Greta ligou o rádio e, conforme o combinado, chamou Heitor e disse que, infelizmente, não haviam encontrado nada no ponto exato das coordenadas dadas por Scotty, mas que iriam procurar mais um pouco, por mais dois ou três dias e, após esse tempo, independentemente do que acontecesse, retornariam para a Terra, tendo em vista o prazo seguro de permanência da Serpentire no espaço, que todos lá conheciam muito bem.

Heitor concordou com a decisão dos jovens, que já estavam heroicamente estendendo um pouco a missão, apesar de ainda com segurança e responsabilidade, mas ficou decepcionado com a notícia de que não haviam encontrado nada nas coordenadas fornecidas e, como não poderia ser diferente, Nico e Scotty "surtaram".

Após a notícia, Nico e Scotty voltaram imediatamente para o Palácio das Orquídeas, e Nico só se lamentava:

— Fizemos tudo à toa: a *Star Academy*, os escolhidos, a Serpentire, tudo para nada, a missão do Scotty é um fracasso total!!! Volto amanhã mesmo para São Paulo, para a minha carreira medíocre, e vou ter de esquecer o plano de corretagem interplanetária...

Scotty, dilacerado emocionalmente pela notícia e fisicamente pela dengue, voltou para a cama e para os cuidados do Sr. Getúlio, seu fiel mordomo.

Enquanto isso, Heitor permaneceu em seu posto, na base terrestre ou torre de rastreamento, como eles a gostavam de chamar, para qualquer eventualidade, tal qual como deveria ser feito.

Poucas palavras foram trocadas entre Heitor e a tripulação da nave a partir daí, permanecendo o rádio desligado a maior parte do tempo, mas Heitor ficou ali, firme e forte, cumprindo sua parte na missão, acompanhando seus pupilos, na medida do possível, e cobrindo os turnos de seus irmãos quer pela doença de um, quer pela irresponsabilidade do outro.

CAPÍTULO XVI

A Chegada da Serpentire no Ponto Piscante do Radar

Aos seis dias de viagem, faltando pouco menos de 12 horas para a Serpentire alcançar o ponto piscante do radar, Flora, que adora biologia, fez uma grande descoberta.

Após longas reviravoltas na base de dados da Serpentire, bem como na base de dados do Bipe, usando muita tecnologia e os dispositivos que os próprios escolhidos haviam construído, Flora detectou a presença de vida vindo daquele ponto e disse:

— Pessoal isso é um planeta mesmo e tem habitantes com vida, Scotty estava certo!!!

— Nossa Senhora, Mãe de Deus, não acredito!!! — disse Gordon — Estamos *where no man has gone before*... Estamos onde o Homem jamais esteve, e prestes a fazer amizades ou inimizades alienígenas...

A tripulação da Serpentire ficou agitadíssima, feliz, mas com medo... E não tinham muito tempo para decidir o que fazer, sobretudo, contar ou não a descoberta para a família Oliveira...

Novamente, todos lançaram seus sentimentos, idéias, convicções e elocubrações, por um breve momento, e cogitaram de contar tudo para os irmãos Oliveira, com medo do que iriam encontrar. Então, por segurança o fariam. No entanto, perceberam que não haveria maneira de eles, da Terra, os protegerem de qualquer coisa; então, contar tudo, seria uma grande bobagem...

Nuno chegou a aventar a possibilidade de que, se a espécie encontrada fosse hostil, poderia destruir a nave ou os sequestrar. Se os irmãos Oliveira soubessem, ao menos a localização precisa de onde eles estavam, poderiam, eventualmente, mandar um resgate...

Depois, Jake ponderou que jamais mandariam um resgate; primeiro, porque outra nave teria de ser construída, o que levaria, pelo menos uns seis meses, se Heitor conseguisse fazê-lo com outra equipe. E, apenas por hipótese, se eles acionassem a NASA para ajudar na construção da nave e a fazer o resgate, a NASA jamais acreditaria...

Greta complementou, dizendo que, acreditar, a NASA acreditaria, pois os irmãos Oliveira já têm provas de que a Serpentire foi construída e atingiu o espaço. Todavia, Scotty só não poderia provar a existência do planeta, que ele não sabe que existe em coordenadas próximas, diferentes daquelas previstas por ele. O Scotty só poderia provar para a NASA a existência do novo planeta, e a necessidade do eventual resgate, se eles contassem tudo e dessem as precisas coordenadas e as provas necessárias para os irmãos Oliveira.

Emma interveio, dizendo que, ainda que Scotty provasse para a NASA que existe um planeta, onde sete alunos da *Star Academy* foram feitos reféns, e a NASA acreditasse e se empenhasse para ajudar na construção de uma Serpentire II e na missão de resgate, eles já estariam mortos quando chegassem...

Gordon completou o raciocínio de Emma, dizendo que, apenas por hipótese, mesmo que eles não estivessem mortos quando a tripulação da NASA chegasse na Serpentire II, provavelmente, eles não seriam encontrados no planeta e, certamente, durante a busca, a tripulação da Serpentire II, igualmente, seria feita refém pelos alienígenas hostis...

Por outro lado, Miguel pontuou que, se os alienígenas forem superlegais, e os irmãos Oliveira descobrirem a existência do planeta, poderiam explorar desumanamente os coitados, a fim de obter fama, poder e ainda mais dinheiro (uma vez que seus ascendentes já os deixaram "podres de ricos"). Seria como encontrar uma "galinha dos ovos de ouro"...

Flora, finalizou as conjecturas, dizendo que outra coisa muito importante que eles não sabiam era como reagiriam na superfície do planeta. Precisariam dos macacões? Morreriam sem eles? Sobreviveriam belos e formosos como se estivessem passeando na Terra ou como a tripulação da Enterprise conseguia fazer durante as explorações, na maioria dos lugares em que aterrizavam, sem nenhum problema? Ela continuou, dizendo que poderiam morrer, independentemente do humor dos alienígenas, que poderiam ser flores, pequenos animais inofensivos ou grande predadores.

Disse, ainda, que poderiam encontrar lá qualquer coisa e nem sabiam como o organismo humano reagiria à nova atmosfera. Por isso, de nada adiantaria a família Oliveira saber onde eles estavam porque não poderiam, em nenhuma das hipóteses levantadas, ser úteis para a segurança da tripulação da Serpentire...

Após a conclusão do raciocínio, decidiram, mais uma vez, por unanimidade de votos, não contar aos irmão Oliveira que encontraram o planeta e que dali a poucos minutos pousariam em sua superfície.

O rádio estava desligado e Gordon disse aos seus amigos:

— Tripulação da Serpentire, hora de aterrizar...

Com todos os propulsores em posição, e tudo devidamente preparado, Gordon deu início à descida da Serpentire no planeta desconhecido.

CAPÍTULO XVII

Pisando no Planeta Desconhecido

Após uma belíssima aterrissagem, pela qual Gordon foi aplaudido por seus amigos e amada, os jovens travaram outra polêmica acerca de quem seria o primeiro a sair da Serpentire e pisar no planeta, bem como se a saída deveria ser feita com ou sem o macacão pressurizado e o mochilão com tanque de oxigênio.

Jake, como líder, organizou o falatório, sugerindo que, caso houvesse algum voluntário, esse seria o primeiro; em não havendo voluntários, iriam sortear no palitinho.

Quanto à roupa, o primeiro a descer decidiria como queria fazer.

Se quem fosse primeiro optasse por ir como se estivesse na Terra, sem nenhuma proteção, Nuno ficaria de macacão, com tanques de oxigênio, de prontidão para a necessidade de eventual resgate, trazendo a pessoa em questão novamente para dentro da Serpentire.

Jake terminou sua explicação, com a qual todos concordaram, e disse:

— Então, algum voluntário, exceto Nuno, para ser o primeiro ou a primeira a sair da Serpentire?

Emma foi a primeira e única, na verdade, a levantar a mão, dizendo:

— Eu quero ser a primeira!!! — e olhando para os lados percebeu que somente ela se manifestara — Oba, sem concorrentes!!!

Ela informou, ainda, que iria sem a roupa de proteção, porque algo lhe dizia que "estava em casa", como se estivesse na Terra, razão pela qual não precisaria do equipamento. Apenas pediu que ficassem de olho nela e, caso houvesse algum problema, que Nuno não demorasse a socorrê-la.

Dito isso, Nuno colocou o macacão pressurizado e pegou os tanques de oxigênio; Emma deu um beijo em Miguel e foi até a porta da Serpentire. Ela fez o sinal da cruz e pediu para Gordon abrir a segunda comporta...

Ao abrir a primeira comporta, Emma ficou separada do restante da tripulação. Com a abertura da segunda porta, uma brisa suave bateu em seu rosto... Logo todos perceberam que a atmosfera era absolutamente segura para eles, pois Emma respirava normalmente e sinalizou que tudo estava bem.

Emma desceu as escadas da nave e pisou no chão do planeta desconhecido. Ficou deslumbrada com o que parecia uma grama, todavia, na cor azul. Ela tirou o tênis e tocou a grama azul com as mãos e com os pés descalços.

Logo após Emma correr em segurança, Miguel foi atrás dela, seguido por Flora, Greta, Gordon, Jake e Nuno que tirou o macacão antes de sair, deixando-o junto com os tanques de oxigênio, no interior da Serpentire.

Todos estavam curtindo a agradável sensação térmica do planeta. Estava sol, um calor gostoso, nada escaldante, e um vento suave, refrescante. O céu muito azul, assim como a grama e as árvores. A clorofila naquele planeta certamente era azul.

Na Terra, a clorofila é a matéria verde das células das folhas, que só se forma com a luz.

Continuaram andando e explorando a região até que encontraram uma belíssima cachoeira com água cristalina. Gordon juntou as mãos, fazendo conchas e provou daquela água. Ele disse que era deliciosa e que estava fresquinha.

Caminharam mais um pouco e encontraram uma estrutura, como se fosse um palácio. Ironicamente, lembrava, em muitos aspectos, o Palácio das Orquídeas, no Planalto Central Brasileiro.

Ficaram escondidos atrás das árvores, observando a movimentação.

De repente, viram muitas luzes coloridas, andando de um lado para o outro...Eles se entreolharam assustados. Pareciam terráqueos envoltos por uma bola de luz.

Quando viram aquilo, Jake, Flora e Miguel que jogavam *StarCraft* II, lembraram-se da bola de luz dos Arcontes; todavia, a imagem dentro dessa luz era de alguém como eles.

Pareciam homens, mulheres, meninos e meninas envolvidos por bolas de luz das mais diversas cores.

A tripulação da Serpentire não conseguiu perceber um padrão nas cores, por exemplo, azul para meninos ou rosa para meninas. Isso não acontecia, havia uma mistura total. Eles viram um homem com luz azul e depois uma garotinha com o mesmo brilho azul. Não estavam entendendo nada. Tentaram ouvir alguma coisa, mas a distância os impediam de compreender qualquer coisa.

Claramente, aquelas pessoas estavam conversando, interagindo de alguma forma, mas também não conseguiam entender o que elas diziam.

Gordon, que não podia perder a piada, como de praxe, disse que eles não entenderiam nada, mesmo se estivessem sentados ao lado dos "vagalumes" (como ele os batizou), porque, qual seria a probabilidade de eles falarem qualquer língua que os terráqueos pudessem compreender?...

— Vai ter de ser na mímica mesmo!!! — disse Gordon.

Greta retrucou:

— Não acho isso, meu amor, eles são tão parecidos com a gente, parece que estamos numa Terra com *up grade* (em uma

Terra melhorada); aposto que a comunicação com eles será bem mais fácil do que possamos imaginar. Ademais, eles parecem um povo amistoso.

Todos concordaram que pareciam amistosos, e toda aquela preocupação em virarem reféns de um povo hostil já havia se dissipado.

Então, Jake disse:

— Hora de nos apresentarmos...

— Como iremos fazer isso? — indagou Nuno.

Jake respondeu:

— Ainda não sei, aceito sugestões, mas acho que talvez seja melhor tentarmos conversar, primeiro, com as crianças...

Flora concordou que começar com as crianças parecia uma boa idéia, mas perguntou quem iria fazê-lo.

Jake falou que aceitava voluntários, oportunidade em que Greta se prontificou a ir.

Quando Greta saiu de trás das árvores, foi caminhando lentamente em direção às luzes coloridas.

Havia alguns bancos, e aquilo lembrava um pátio de colégio. Greta avistou aproximadamente uns 15 "vagalumes" como Gordon os chamava ou 15 "arcontes" como preferiam os jogadores de *Starcraft* II.

Ao chegar mais próximo, em um local onde já esperava ser vista, não demorou nada para começar a maior gritaria.

Os arcontes correram, gritaram e perderam as cores, as luzes todas ficaram brancas.

Greta disse:

— Calma pessoal, eu sou do bem!!! Sou de um outro planeta chamado Terra e só quero conhecer vocês.

O homem que parecia mais velho voltou a ficar azul e todas as cores dos demais foram voltando. Ele se aproximou e disse:

— Não acredito! Precisamos mesmo muito conversar... Seja bem-vinda!!!

Greta mal podia acreditar que o alienígena falava, justamente, o português; aquilo parecia um sonho!

A luz irradiada por aqueles extraterrestres era encantadora, inebriante, e Greta estava, no mínimo, perplexa com tudo.

O homem brilhante azul, que estava ficando colorido, pediu para uma mulher brilhante verde que levasse todas as crianças que estavam brilhantes coloridas para dentro e, então, convidou Greta para sentar-se em um banco próximo dali.

Greta pediu para chamar os seus amigos e, após o consentimento do homem, acenou para eles. Quando todos chegaram, Greta se apresentou e apresentou os demais. O homem, educadamente, disse:

— Bem-vindos ao planeta *Verum*!!!

CAPÍTULO XVIII

Conhecendo o Planeta Verum

Depois de duas horas de conversa, a tripulação da Serpentire descobriu muita coisa sobre o planeta *Verum*, mas, o mais importante, foi esclarecer o que significavam todo aquele brilho e aquelas cores.

Com efeito, todas as pessoas nascidas no planeta *Verum* eram brilhantes; todavia, a cor variava de acordo com alguns sentimentos ou necessidades. Assim, o azul significava que a pessoa estava feliz; o cinza que a pessoa estava triste; o colorido (mistura das cores) significava que a pessoa estava muito confusa (quanto maior a mistura das cores mais confusa ela estaria); o branco queria dizer que a pessoa estava com medo, cabendo, aqui, outra explicação. Quando alguém morria, o que não acontecia antes dos 100 anos nesse planeta, a luz se apagava, a pessoa virava fumaça e se dissipava no ar.

Por essa razão, todos gritaram quando viram Greta. A anatomia das pessoas nascidas na Terra era muito semelhante à anatomia dos nascidos em *Verum,* sendo o brilho colorido que os envolvia, o maior diferenciador.

Assim, considerando que Greta parecia com eles, mas estava sem a luz/brilho, tecnicamente estava morta (mas não virou fumaça e se desintegrou no ar), e ainda estava andando e falando, o que os levou a pensar que estavam vendo um "fantasma", justificando a correria, gritaria e a mudança do brilho para o branco de todos que estavam presentes. Com efeito, todos ficaram brancos porque estavam com muito medo de ser uma alma penada, um fantasma, um espírito, ou qualquer coisa do gênero...

Quando Greta esclareceu ser uma terráquea, tudo fez sentido para Aldrok, aquele homem que, deixando de lado o seu medo (representado pelo branco), recuperou a felicidade, voltando ao seu brilho azul.

Aldrok sabia tudo sobre a Terra. Em *Verum* todos estudavam muito sobre anatomia, comportamento e avanços tecnológicos dos terráqueos; a única surpresa para ele foi o fato de que não esperava que fossem, tão cedo, descobertos. Ao mesmo tempo que Aldrok ficou feliz em ver a tripulação da Serpentire, ficou muito preocupado com o destino de seu planeta.

Dando continuidade às explicações das cores, Aldrok informou que o laranja representava um sentimento de forte amizade, o vermelho demonstrava paixão ou muito amor no coração, o verde simbolizava a fome ou a sede, o roxo a desconfiança, o amarelo queria dizer que a pessoa estava apertada para fazer as necessidades fisiológicas (xixi ou cocô), o prateado indicava excitação (com conotação sexual), o preto indicava que os verumeanos (do planeta *Verum*) estavam com sono, o brilho rosa indicava que as mulheres estavam menstruadas, o marrom demonstrava o cansaço e o dourado a mentira.

Ademais, Aldrok ressaltou que naquele planeta não havia nenhuma das doenças existentes na Terra. Lá, ninguém morria por doença ou por maldade dos outros, somente pela velhice ou pela própria maldade. Relembrou que, quando uma pessoa morria, o brilho se apagava e a pessoa se desintegrava, virando fumaça e desaparecendo na atmosfera.

Aldrok esclareceu que a morte de um verumeano só acontecia com a velhice (ao atingir 100 anos, no mínimo). Antes disso, somente na hipótese de a pessoa praticar qualquer ato de maldade, morrendo, assim, por sua culpa, vítima da própria maldade.

Quando a pessoa morria por idade, com 105 anos, por exemplo, a fumaça dissipada era branca. Quando a pessoa morria porque cometeu um ato de maldade, sua fumaça era preta.

Com efeito, como a maldade era punida instantaneamente com a perda da vida, as pessoas tendiam a ser melhores. Aldrok disse que a natureza dos verumeanos, em regra, era muito boa, eram pessoas do bem e da paz. Poucos sentiam vontade de fazer algo ruim e acabavam se controlando antes de executarem qualquer bobagem a fim de evitarem sua própria morte.

Assim, somente as exceções a essa regra do bem e da paz, acabavam pagando com a própria vida a maldade que destilassem. Eram raríssimos os casos de morte por maldade, uma vez que as pessoas, em geral, eram muito boas e somente praticavam o bem.

Os sete terráqueos estavam encantados com o planeta *Verum;* era o mundo que eles sempre desejaram. Um planeta lindo, puro, sem doença e sem maldade, simplesmente perfeito!!!

— Curtir a vida, sendo do bem, sabendo que não morrerá antes dos 100 anos e que jamais ficará doente, que ninguém poderá lhe fazer mal (porque quem tentar não consegue, e morre) e que ninguém pode mentir para você, porque o brilho dourado entrega tudo, isso é, no mínimo, um grande sonho!!! — disse Emma, deslumbrada.

Flora concordou, dizendo:

— Eu já ficaria feliz se na Terra fosse metade disso...

E Jake completou:

— Por que na Terra é tudo tão diferente e tão pior???...

Aldrok respondeu:

— Isso, só Deus sabe, mas agradeço por ter o privilégio de ser verumeano e não terráqueo. Peço desculpas a vocês, mas é a mais pura verdade; sabem que, se eu mentir, meu brilho fica dourado. Estou feliz em conhecê-los, mas estou com muito medo do que as pessoas malvadas da Terra, que parecem predominar, possam fazer com meu planeta, agora que vocês nos descobriram aqui.

E Miguel disse:

— Vamos tratar melhor sobre isso em breve, mas fique tranquilo: somente nós sete, e mais ninguém, sabe da existência de *Verum*, eu juro!!!

Nuno puxou Miguel pelo braço e cochichou:

— Seu bobo, agora eles podem matar a gente para proteger o planeta deles, com medo dos terráqueos malvados...

— Claro que não Nuno! Você não entendeu nada até agora? Se eles tentarem nos matar, eles morrem! — ponderou Miguel.

— Mas, e se essa história de que se fizer maldade, morre, for mentira? — perguntou Nuno.

Miguel sem pestanejar, retrucou:

— Se isso fosse mentira, quando ele falou teria ficado dourado...

— Tem razão, isso é sensacional!!! — disse Nuno, estupefato.

Outro ponto de grande antagonismo com a Terra, que levou Gordon ao delírio, foi com relação às sogras, cunhados, ou seja, as relações familiares com os agregados.

Aldrok explicou que, muito diferentemente da Terra, as noras e os genros eram tratados com muito amor e respeito pelas sogras, e passavam a ser como filhas e filhos. Os cunhados se tratavam como irmãos. Em *Verum* os pais respeitavam os filhos, suas escolhas e vontades. A felicidade de um filho significava a felicidade verdadeira e genuína de seus pais. Eles tinham orgulho dos filhos por serem seus filhos, independentemente de estes fazerem qualquer proeza. Em *Verum* não eram usadas as palavras sogra, sogro, genro, nora e cunhados. Eram usadas as palavras *mater, pater, filius, filia e frater*.

— É lamentável o que acontece na Terra — disse Aldrok — Estudei muito sobre isso. Mães atrapalhando a felicidade dos filhos, tentando impedir namoros e casamentos, impondo coisas desagradáveis a eles. Sogras que não aceitam, destratam e desrespeitam suas noras ou seus genros. Aqui, as pessoas são do bem, não fazem essas coisas...

Não é por acaso a quantidade de piadas, acerca de sogras, existentes na Terra.

Gordon interrompeu, dizendo:

— Posso contar várias, se o senhor quiser...

Greta interpelou e disse:

— Agora não, meu amor; fique quietinho, vamos deixar Aldrok terminar...

— Então... — continuou Aldrok — Irmãos brigando por dinheiro, por inveja, interferindo na vida do outro, se metendo em tudo, cobrando coisas a que sequer têm direito. Uma total falta de respeito.

Essas sogras, cunhados, irmãs, primos, tios, sogros, pais, avós e muitos que se dizem amigos, na Terra, ao invés de cuidarem da própria vida, ficam falando mal o tempo todo das pessoas pelas costas, causando discórdia, jogando uns contra os outros; ficam gastando suas energias com o mal, ao invés de as canalizarem para o bem. Tem muita podridão na Terra, por isso existem famílias dilapidadas ou dilaceradas. Em *Verum*, as famílias são muito unidas. Os amigos são verdadeiros. Todos sabem respeitar o tempo dos outros, para o que quer que seja, sem cobranças, ninguém fala mal de ninguém, tudo é dito com sinceridade para a própria pessoa. As pessoas têm humildade e espírito muito evoluído, completamente diferente do que é na Terra.

Em meu estudo sobre as famílias da Terra — continuou Aldrok, com seu discurso indignado —, percebi que existem mães e filhos que não se falam ou possuem bem pouco contato. Irmão afastados, sem nenhuma amizade e até inimizade, muitas vezes. Sogras e noras que não se suportam, assim como cunhados e cunhadas que não podem nem se ver. Genros e sogras que se odeiam. Problemas de sogros com noras e genros. Muitas pessoa são tão desagradáveis que levam outras pessoas (bem próximas ou da família) a riscá-las da lista de convivência, a desejar distância máxima. Assim, nunca mais se falam ou, de vez em quando se encontram, por puro protocolo da hipocrisia, mas, para todos os envolvidos (ou pelo menos para a maioria deles), é uma tortura, um esforço sobre-humano.

Aldrok continuou, indagando:

— E o segundo casamento de um homem ou de uma mulher, o que é aquilo? Os "ex" viram verdadeiros gladiadores em campo de batalha. O ex-casal transforma o processo judicial do divórcio em arena, literalmente. Em *Verum*, existem, apenas, três registros de casais separados; todavia, tudo aconteceu de forma totalmente civilizada, e os ex-casais continuam grandes amigos.

Com efeito, todas as maldades que pude ver na Terra (sem contar as atrocidades de criminosos, tais como roubo, tráfico, sequestro e assassinato), aquelas praticadas por pessoas da família, das quais já falamos (sogra, cunhados...), pseudoamigos (falsos amigos) ou os "ex" (relacionamentos passados), muitas dessas pessoas não sobreviveriam aqui por mais de um dia, pois certamente virariam fumaça preta.

Graças a Deus, em *Verum* tudo é diferente... — continuou Aldrok, satisfeito — Não que eu já não desse muito valor para o meu planeta, mas, ao estudar a Terra, percebi que não há, de fato, nada do que reclamar daqui. Só temos de agradecer a Deus pela bênção que é este lugar!!!

Jake, então, perguntou para Aldrok se ele queria perguntar alguma coisa para eles sobre a Terra, embora já tivesse demonstrado conhecer tudo muito bem.

Aldrok aproveitou o ensejo para perguntar como eles conseguiram chegar a *Verum*.

E assim, Jake lhe explicou tudo sobre a *Star Academy*, os escolhidos, o Palácio das Orquídeas, a construção da Serpentire e as coordenadas de Scotty.

Aldrok ficou impressionado e disse:

— Senti, logo que os vi, que eram terráqueos diferentes. Agora percebo que, além de emanarem uma pureza espiritual, são pessoas do bem, e são gênios... Vocês sete têm uma capacidade intelectual muito acima da maioria dos terráqueos, claramente.

Aqui em *Verum* a capacidade de vocês é o nosso padrão.

— Uau!!! Cada vez fico mais apaixonada por este planeta!!! —disse Emma, que aproveitou a oportunidade e perguntou:

— Como funciona a reprodução de vocês?

Aldrok brilhou lilás, e Flora disse:

— Acabamos de descobrir o que significa o brilho lilás...

Aldrok ficou envergonhado, mas respondeu à questão de Emma, informando-lhe que, basicamente, era igual à da Terra, com algumas curiosidades que, oportunamente, seriam reveladas.

CAPÍTULO XIX

Experimentando as Novidades

Gordon, sem querer ser mal educado, disse:

— Imaginem, por favor, este gordo tomado por um brilho verde muito intenso...

Aldrok deu risada e disse:

— Me acompanhem, por favor, até o refeitório; vamos fazer um lanche enquanto continuamos nossa conversa...

Gordon agradeceu e perguntou:

— O que vocês comem?

— Conseguimos produzir aqui tudo que vocês comem lá, todavia, temos pratos típicos muito mais elaborados e que são a preferência dos verumeanos.

Greta perguntou a Aldrok quantos habitantes havia no planeta *Verum*, e como ele estava dividido (quantos continentes, por exemplo). A resposta foi que o planeta inteiro contava com 500.000 (quinhentos mil) verumeanos e que estava dividido em 4 (quatro) reinos. Acrescentou que o Planeta *Verum* tem uma divisão peculiar, completamente diferente da existente na Terra, principalmente, porque *Verum* é uma ervilha perto da Terra. O Planeta *Verum* inteiro é do tamanho de uma cidadezinha na Terra, que fica em algum estado, de algum país pertencente a algum continente.

Então, Aldrok pediu que lhe trouxessem papel e canetas coloridas e fez o seguinte desenho para os sete terráqueos entenderem melhor a estrutura do Planeta *Verum*:

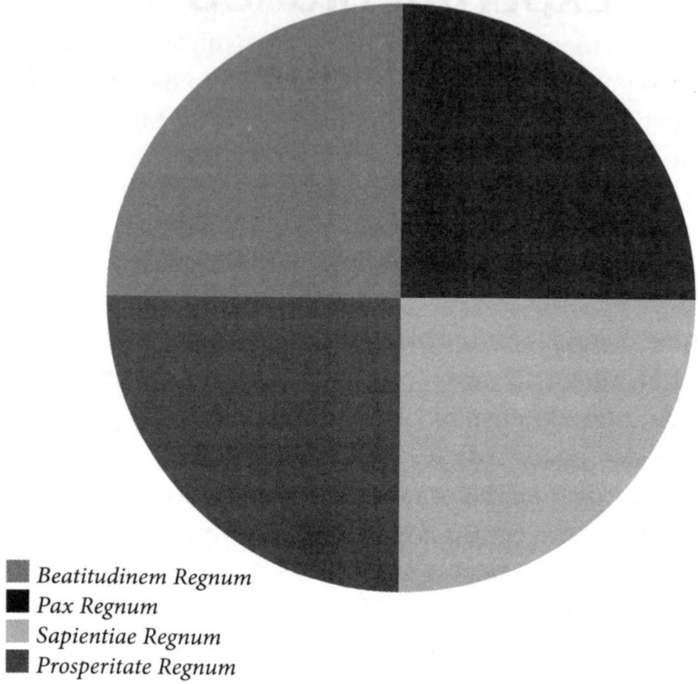

Assim, Aldrok explicou que *Verum* estava dividido em quatro Reinos, quais sejam: *Pax Regnum* (Reino da Paz); *Sapientiae Regnum* (Reino da Sabedoria); *Prosperitate Regnum* (Reino da Prosperidade); e *Beatitudinem Regnum* (Reino da Felicidade).

E seguiu, dizendo:

— Estamos, neste momento, no Reino da Sabedoria. Onde tudo atrelado aos estudos (para o aumento da sabedoria) pode ser encontrado: escolas, faculdades, bibliotecas, salas computadorizadas, cursos de idiomas, salas de pesquisas etc. Como vocês já devem ter percebido, estamos em uma das escolas deste reino.

No Reino da Paz — continuou Aldrok — encontramos as casas de todos os habitantes de *Verum*. O lar é considerado pelos verumeanos, por unanimidade, o lugar que mais traz paz ao coração. Com efeito, valorizamos muito estar com as nossas famílias, em nossas casas, onde encontramos a paz em intensidade máxima. Digo isso, porque, graças a Deus, em quaisquer dos reinos vivemos em paz, mas isso é intensificado em nossas casas, razão pela qual foi dado o nome de Reino da Paz à parte do planeta onde a paz impera com força suprema, onde os lares se encontram.

Quando Aldrok ia continuar sua explanação, passando ao Reino da Felicidade, foi interrompido por uma bandeja chegando, a qual foi colocada no centro da mesa.

Ele mesmo serviu os jovens terráqueos de um doce chamado *Sokoladinis*. Tratava-se de um bolo de chocolate, coberto com sorvete de baunilha e muita calda quente de chocolate.

Aldrok explicou que em Lituano, *šokoladinis pyragas su vaniliniais ledais,* significa bolo de chocolate com sorvete de baunilha, por isso deram o nome de *Sokoladinis* para essa sobremesa.

Então, Greta perguntou:

— Por que em Lituano?

E Aldrok respondeu:

— *Verum* tem seu próprio idioma, com dialetos e tudo; todavia, o verumeanês nada mais é do que uma mistura de todos os idiomas da Terra (incluindo o Lituano), o que, aos poucos, vocês irão perceber. Mas, como a grande maioria elegeu o português como a língua preferida, acabou virando nosso idioma universal, mais utilizado do que o próprio verumeanês.

Após se deliciarem com um *Sokoladinis* cada um, tendo Gordon e Greta pedido para repetir, Aldrok continuou a explicação acerca do Reino da Felicidade:

— Então, o Reino da Felicidade é a parte do planeta em que os verumeanos se divertem com coisas como: shopping, cinema, teatro, show, boliche, sinuca, danceteria, campeonato de video-game, cassino, caraoquê etc, bem como passam suas férias em bangalôs, resorts, hotéis-fazenda, em acampamentos etc.

Finalmente, o Reino da Prosperidade é a parte do planeta em que ficam as empresas, onde as pessoas trabalham. Aqui não é como na Terra, onde só se dão bem os puxa-sacos. Em *Verum* isso é intolerável; ninguém faz isso, quer porque não é necessário (as pessoas são promovidas pelos seus méritos), quer porque simplesmente não se prestam a ser puxa-sacos, mesmo que para o seu reconhecimento isso pudesse ser necessário. O melhor é ficar sem promoção mesmo, é o que pensamos. Mas, ainda bem que isso não acontece. Todos aqui são muito bem remunerados e trabalham satisfeitos e, o principal: não tem aquela podridão de um colega da trabalho, falso, hipócrita, do mal, agir pelas costas, mentir e manipular para atrapalhar o outro. Aqui ninguém pensa em fazer maldade, nem sente vontade de atrapalhar os outros e, se o fizesse, viraria fumaça preta, sem conseguir causar nenhum mal.

Emma suspirou e disse:

— Realmente, isso aqui é o Paraíso; quanto mais o conheço, mais me encanto e mais desejo ficar aqui...

E Gordon emendou:

— Vai ver que a Serpentire explodiu, nós morremos, estamos no céu e não percebemos ainda...

Aldrok aproveitou o ensejo e perguntou:

— E agora, como vai ser? Quanto tempo vocês pretendem ficar? O que vão dizer na Terra? Confesso que estou bastante ansioso com a decisão de vocês, mas saibam que serão muito bem-vindos se quiserem ficar aqui para sempre, viver conosco e não voltar mais para a Terra.

Jake prontamente respondeu:

— Caro Aldrok, eu e meus amigos precisamos conversar a sós e discutirmos o assunto...De fato, se decidirmos voltar para a Terra, praticamente não temos mais tempo (precisaríamos partir ainda hoje, pois temos apenas 7 dias para chegarmos com segurança ao Planalto Central Brasileiro), mas saiba que, seja qual for a nossa decisão, jamais revelaremos a existência de vocês, isso eu posso prometer.

Assim, Jake e os demais fizeram, naquele mesmo momento, um juramento de que jamais revelariam o Segredo Espacial...Que ninguém mais saberia da existência do incrível planeta *Verum* e seus habitantes.

Aldrok revelou, também, que se eles decidissem voltar para a Terra (o que ele não gostaria), mas quisessem conhecer melhor o planeta *Verum* antes de partir, poderiam ficar por mais tempo, porque lá eles tinham recursos para fazer a Serpentire retornar somente quando eles desejassem.

Essa notícia deixou todos muito empolgados, num primeiro momento. No entanto, Flora lembrou que essa hipótese teria, necessariamente, de ser descartada, porque seria impossível ultrapassar 15 dias o retorno deles, sem levantar suspeitas. Os irmãos Oliveira sabiam que a Serpentire não poderia suportar a missão além desse prazo, então, postergar a volta e chegar sãos e salvos seria o mesmo que entregar *Verum* "de bandeja" para o trio Oliveira. O que seria um perigo para o Segredo Espacial, pois, ainda que os sete se negassem a contar qualquer coisa, seria uma questão de pouco tempo para Heitor e outros escolhidos da *Star Academy* construírem outra nave e Scotty vir pessoalmente conferir suas coordenadas...E, buscando um pouco adiante, como nós fizemos, porque ele também não desistiria facilmente, chegaria até *Verum*...

Todos concordaram com Flora que essa não era uma opção segura, razão pela qual a ideia foi desconsiderada, o que deixou Aldrok muito feliz. Os sete contaram para Aldrok, com riqueza de detalhes, tudo sobre os irmãos Oliveira. A preocupação deles em proteger *Verum,* evitando que Scotty, Heitor e Nico desconfiassem de alguma coisa, fez a confiança de Aldrok naqueles jovens aumentar muito, e com ela o carinho e a amizade cresceram, oportunidade em que seu brilho foi se intensificando no laranja (sensação de forte amizade).

Nuno estava muito ansioso, e pediu que os sete voltassem para a Serpentire para decidirem, de uma vez, o que iriam fazer, porque o tempo estava se esgotando.

Aldrok perguntou-lhes se não queriam conhecer ainda alguma coisa que seria relevante para a vida deles em *Verum*, caso eles decidissem ficar, como, por exemplo, *maison* (palavra do francês que quer dizer casa), *fliegendes Auto* (carro voador - do alemão), *employment* (emprego - do inglês), *főiskola* (faculdade - húngaro), *reiligiún* (religião - irlandês) etc...

Todos ficaram animadíssimos, concordando que era uma excelente ideia, e seguiram Aldrok. Primeiro, ele mostrou aos terráqueos o prédio da faculdade que poderiam cursar, no Reino da Sabedoria, onde eles já estavam.

Depois, levou-os até o *parkiranje* (palavra de origem croata que significa estacionamento) para pegarem seu *fliegendes Auto*, levando Gordon ao delírio completo...

No mesmo instante, Aldrok ensinou Gordon a guiá-lo, e pediu que ele fizesse as honras, levando-os até o Reino da Prosperidade.

Gordon ficou alucinado; todos ficaram, achando aquele carro voador super, hiper, ultramaneiro, tendo-o assim adjetivado.

Aldrok disse que cada um teria o seu para começar a vida em *Verum*. Depois, aterrizaram onde Aldrok orientou, e entraram em um belíssimo prédio, com 165 andares, medindo 838,14m de altura.

Greta olhou, estupefata, para aquela construção gigantesca, a maior que já vira em sua vida. Diante daquilo, começaram com a polêmica de qual seria o prédio mais alto da Terra. Segundo Emma, seria um edifício em forma de torre (arranha-céu) em Dubai, com 163 andares, medindo 828m, oficialmente inaugurado em 4/1/2010, chamado Burj Khalifa.

Miguel disse que o maior da Terra será o Kingdom Tower que terá 999m, quase 1 (um) quilometro de altura; todavia, essa torre só ficará pronta a partir de 2016.

Jake disse que o que não estava pronto não valia e que a maior construção da Terra é a Abraj Al Bait Towers, um complexo de arranha-céus construído na cidade de Meca, na Arábia Saudita. Mas Jake estava enganado, porque a Abraj Al Bait Towers, conhecida como a Torre do Relógio Meca Royal Hotel, tem 601m de altura e perde, portanto, para o Burj Khalifa em Dubai. Com efeito, Emma estava certa com relação ao maior edifício da Terra, mas o fato era que o prédio que Aldrok acabara de lhes apresentar era certamente maior ainda do que o Burj Khalifa. Aldrok explicou que aquele gigantesco e belíssimo edifício poderia ser o local de trabalho deles, se decidissem ficar em *Verum*.

Depois de apresentar aquele edifício e outros pontos do Reino da Prosperidade embarcaram novamente no *fliegendes Auto* e voaram até o Reino da Paz.

CAPÍTULO XX

Conhecendo Outros Verumeanos

Aldrok os levou para sua casa, onde apresentou sua bela mulher que estava com um brilho intensamente rosa, motivo pelo qual todos riram quando a viram porque sabiam que ela estava menstruada. Apesar de isso ser uma coisa absolutamente normal para todos, o engraçado, para os terráqueos, era o fato de saberem daquilo simplesmente olhando para ela. As condições e sentimentos sendo reveladas daquela forma, bastando apenas um olhar para a pessoa, era muito novo e diferente para os terráqueos. Na terra são coisas íntimas e pessoais, que somente revelamos quando, como e para quem queremos revelar (tais como a vergonha, o medo, a tristeza, a felicidade, a excitação, a confusão, a menstruação, a fome, a sede, a paixão e a amizade), enquanto, em *Verum*, tudo isso era exposto, com a maior naturalidade, sem nenhum constrangimento. E o principal, ninguém sentia sua privacidade invadida, porque aquilo era comum e igual para todos os verumeanos.

Após ter apresentado sua linda esposa, Galadriel (que entendeu perfeitamente a reação dos jovens ao vê-la), Aldrok apresentou seus 5 filhos, Frank, Derek, Drika, Kate e Mike.

Nuno ficou paralisado quando olhou para Kate; Gordon riu e disse:

— Imaginem só a intensidade do brilho vermelho de Nuno, agora, se ele o tivesse...

Enquanto isso, Kate, que estava com o brilho preto, ou seja, com sono, foi ficando cada vez mais azul, portanto, feliz...

Gordon continuou, dizendo que não era justo Nuno saber o que Kate estava sentindo, pois a recíproca não era verdadeira, vale dizer, Kate não podia saber, com certeza, o que Nuno estava sentindo. A grande curiosidade nisso tudo é que Nuno estava achando o máximo saber, indubitavelmente, cada sentimento de Kate, enquanto Kate estava adorando não saber exatamente o que Nuno estava sentindo. O mistério acerca dos sentimentos de Nuno estava agradando Kate, assim como a certeza dos sentimentos de Kate agradava Nuno imensamente...

Após as apresentações e alguns comentários, Galadriel (já a par das intenções de seu marido, que antes havia lhe telefonado e contado tudo) convidou os sete terráqueos para que integrassem a família.

Galadriel disse que todos seriam muito bem-vindos para morar com eles e seriam devidamente acomodados, se assim o desejassem.

Aldrok reforçou o convite de sua esposa, dizendo que ficariam muito felizes se eles decidissem ficar em *Verum*, principalmente se escolhessem a casa deles, integrando assim a família, mas, deixou bem claro que, se preferissem, cada um poderia ter sua própria casa que lhes seriam dadas para começarem a vida em *Verum*. Os sete estavam estupefatos, quer porque em nenhum lugar do planeta Terra as pessoas eram assim tão bem recebidas (com muita atenção e carinho, além da oferta de casa e carro gratuitos), quer porque tudo o que ouviam era a mais pura verdade (era incrível saber sempre, precisamente, os sentimentos das pessoas, principalmente quando diziam respeito a você). Quando Aldrok e Galadriel disseram que ficariam felizes se os sete integrassem a família, não estavam falando da boca para fora, ou somente por educação (como muitas pessoas na Terra o fazem), as cores e a intensidade do brilho garantiram isso, incrivelmente. Na Terra nunca sabemos o real sentimento ou a verdadeira intenção de uma pessoa, o que é lastimável. Os sete estavam admirados e felizes por saberem sempre o que os verumeanos estavam pensando deles...

Kate, na expectativa de que os terráqueos, sobretudo Nuno, ficassem para morar em sua casa, se antecipou e disse:

— Venham comigo, vou lhes apresentar a casa toda, principalmente os quartos.

Assim, Kate foi na frente e Nuno logo se posicionou ao seu lado, seguidos por Drika com Jake ao lado, seguidos por Flora com Mike, Derek e Frank em torno dela. Atrás deles foram os casais Greta e Gordon de mãos dadas, Emma e Miguel abraçados (lado a lado, ela segurando na cintura dele com o braço direito por baixo, e ele envolvendo-a pelos ombros, com o braço esquerdo por cima) e, finalizando a "procissão", Aldrok e Galadriel.

Passaram por vários cômodos da casa, mas foi no quarto dos meninos que encontraram o que mais lhes chamou a atenção. Era um quarto gigantesco, com uma TV enorme, três computadores com telas muito grandes, armários embutidos, algumas prateleiras, todavia, sem nenhuma cama, apenas três almofadinhas no chão.

Gordon não se conteve e disse naquele seu tom cômico de sempre:

— Mas, nem vocês têm camas por aqui, aonde vamos dormir?

Derek pegou um controle remoto e apertou um botão e aquelas singelas almofadinhas viraram camas enormes.

As camas eram colchões infláveis redondos e flutuantes (pareciam boias voadoras). Apertando um simples dispositivo elas inflavam e podiam voar. Pelo controle remoto era possível inflar e esvaziar o colchão, retornando-o à condição de almofada, e regular a altura do colchão em relação ao chão. Dava para elevá-lo até o teto do quarto. Por meio do controle remoto, também era possível regular a densidade do colchão, deixando-o mais duro ou mais mole, mais grosso ou mais fino, bem como controlar a temperatura, luminosidade, cor e sua intensidade (como se fosse uma lâmpada de *led* colorida).

No quarto do casal não foi diferente com a cama, nem no quarto das meninas. Drika, brilhando azul intensamente, disse:

— Podemos ir agora mesmo comprar mais sete almofadas e colocar quatro no quarto dos meninos e três aqui no nosso quarto. Como vocês podem ver, temos espaço suficiente para isso, mesmo que todos nós inflemos nossos colchões em potência máxima, ao mesmo tempo.

E, logo na sequência, Drika emendou a pergunta, mudando seu brilho azul para um branco intenso:

— O que acharam? Vão ficar conosco?

Ela estava branca, com medo de a resposta ser negativa...

Aldrok se antecipou e disse:

— Calma minha filha, eles precisam sentar e conversar muito sobre tudo isso. A decisão a ser tomada é muito difícil e de extrema relevância para a vida deles. O que decidirem definirá seus destinos para sempre e seja o que for deverá ser respeitado.

Aquelas palavras, na verdade, eram um mero protocolo de pai, porque ele sabia que sua filha respeitaria qualquer que fosse a decisão dos terráqueos, pois era de praxe entre os verumeanos, respeitar os outros.

Enquanto isso, na Terra, no Planalto Central Brasileiro, Heitor tentava, desesperado, contatar a Serpentire, sem sucesso. O rádio estava desligado e ele sequer sabia se seus pupilos ainda estavam vivos. O sinalizador de emergência não havia sido disparado, o que lhe tranquilizava parcialmente, mas não tinha nenhuma garantia efetiva de como eles estavam desde a última comunicação.

Considerando todo o envolvimento dos sete com o planeta *Verum*, buscando informações e explorando tudo aquilo onde um terráqueo jamais esteve, o rádio ficou desligado por muito tempo e eles sem dar nenhuma notícia, o que começou a preocupar significativamente os irmãos Oliveira.

Nico levantou muitas possibilidades, inclusive a de a Serpentire ter explodido e se desintegrado no espaço sideral, o que fora esperançosamente afastado por Heitor, considerando que o alerta de emergência não havia sido disparado, mas o que também não podia ser 100% descartado...

Fizeram muitas conjecturas e elucubraram com muita criatividade, mas sequer chegaram perto do que de fato estava acontecendo com os sete escolhidos da *Star Academy*.

Depois de toda a apresentação da família e da casa, Aldrok deixou os sete à vontade para tomarem a maior decisão de sua vida.

Os sete preferiram voltar até a Serpentire para lá decidirem seu destino. Pediram, então, que Aldrok os levasse de volta para o Reino da Sabedoria onde estava aterrizada a Serpentire.

Mike, Derek e Frank pediram para acompanhá-los a fim de conhecer a Serpentire, com o que os sete concordaram, mas Aldrok vetou dizendo que teriam tempo para conhecer a nave se os terráqueos resolvessem ficar em *Verum*.

Imediatamente, Drika, em defesa dos interesses de seus irmãos disse que se eles resolvessem partir (e foi ficando cinza ao dizer isso), os meninos perderiam a oportunidade de conhecer a Serpentire e que não havia razão para impedi-los.

Aldrok se convenceu facilmente com a argumentação de sua filha, muito eloquente para expor suas convicções.

Além de falar muito bem, Drika era lindíssima, motivos pelos quais Jake não conseguia parar de "babar"...

Foram todos, então, para o Reino da Sabedoria, divididos em 2 *fliegendes Autos* da família, sendo um pilotado por Gordon e o outro por Drika.

Cabem aqui duas revelações. A primeira, com relação à idade dos filhos de Aldrok e Galadriel, quais sejam: Frank, 24 anos; Derek, 22; Drika, 20; Kate, 18 e Mike, 12. A segunda informação é que, em *Verum*, a partir de 15 anos, o verumeano já está apto a pilotar um *fliegendes Auto*, lembrando que isso não é motivo de preocupação, pois praticamente não existem leis no planeta por serem todos naturalmente civilizados. Ou seja, uma vez que perceberam que a idade ideal, mais adequada, para pilotar o *fliegendes Auto* era a partir dos 15 anos, isso foi rigorosamente observado por todos. Igualzinho ao que ocorre na Terra, principalmente no Brasil!!! (ironicamente falando, é claro!!!). Existem *fliegendes Autos* de dois lugares (como uma picape), de cinco, de sete e de nove lugares (praticamente uma *van* voadora).

No *fliegendes Auto* de 7 lugares, pilotado por Gordon, estavam Greta, Galadriel, Aldrok, Flora, Frank e Mike, enquanto no outro *fliegendes Auto* de 7 lugares, pilotado por Drika, estavam Jake, Nuno, Kate, Emma, Miguel e Derek.

Assim, todos foram rumo à Serpentire...

CAPÍTULO XXI

A Hora das Decisões

Chegando à Serpentire, os sete terráqueos deixaram os verumeanos explorarem a nave, mas, nada de novo ou de diferente lhes chamou a atenção, exceto pelo Bipe, que deixou Mike encantado. Não que em *Verum* não vendessem vários robozinho, mas Bipe era único, especial, criado e construído por Emma, com muito carinho e dedicação, para as suas irmãzinhas.

Emma, percebendo o interesse do menino por seu robozinho disse:

— Mike, independentemente da decisão que tomarmos nos próximos minutos, de voltar para a Terra ou de ficarmos definitivamente em *Verum*, o Bipe já é seu. Faço questão disso, apenas precisarei copiar algumas informações que estão contidas nele, se nós voltarmos...

Mike, com um grande sorriso no rosto, falou:

— Muito obrigado, Emma, adorei!!! Mas, por favor, fiquem conosco. Não quero que vocês partam...

— Que gracinha!!! Você é um amor! — disse Emma, comovida. O que deixou todos mais encantados é que sabiam que Mike estava sendo absolutamente sincero.

Gordon aproveitou o ensejo para pedir que um deles lhes mostrasse o dourado da mentira, oportunidade em que Mike disse: — Acho a Emma uma mulher incrivelmente feia...

Mike ficou tão dourado que ninguém conseguia parar de rir. Os próprios verumeanos praticamente não viam o brilho dourado porque, como já explicado anteriormente, eles eram muito do bem e não costumavam fazer coisas erradas, entre elas, mentir. Até porque, um erro um pouco mais grave poderia levá-los à morte súbita e à consequente evaporação por meio da fumaça preta, como vocês já sabem. É da natureza deles falar sempre a verdade. Mike apenas fez uma demonstração a pedido de Gordon para aplacar a sua curiosidade.

Feito isso, Aldrok e sua família, todos com um bom senso irretocável, saíram da nave estelar, a fim de deixar os sete tripulantes terráqueos tomarem a grande decisão de sua vida.

Assim que os sete desceram da Serpentire (Aldrok, Galadriel, Frank, Derek, Drika, Kate e Mike), Jake disse:

— Bem, pessoal, chegou a hora da verdade! Precisamos rezar e pedir a Deus que nos ilumine, a fim de que tomemos a decisão mais acertada para a felicidade de todos nós. Já pensei e repensei muito e confesso que estou muito dividido… Muitas coisas me fazem desejar ficar por aqui para sempre, porém, muitas coisas me forçam a querer voltar para a Terra. Por enquanto, só consegui ter uma certeza: a decisão terá de ser igual para todos nós. Está fora de cogitação uma parte do grupo ficar e a outra voltar. Ou todos ficam, ou todos voltam, concordam? Se voltar somente um, ou alguns de nós, estaríamos colocando em risco a segurança de *Verum*, o que creio que nenhum de nós quer isso, correto?

Todos balançaram a cabeça positivamente, concordando com tudo que Jake falara até o momento.

Nuno, então, ratificou dizendo:

— Espero que todos tomem a mesma decisão de ficar ou de voltar. Seja qual for o resultado, que seja por unanimidade. Todavia, considerando que já concordamos que não podemos nos dividir, a fim de manter este planeta bem protegido, havendo qualquer divergência de opiniões, prevalecerá a democracia, vale dizer, a decisão da maioria…

— Perfeito! — disse Flora — Sugiro que façamos uma oração em conjunto ou individualmente antes de proferirmos nossos votos.

Gordon segurou a mão de Greta, que pegou a mão de Nuno, que pegou a de Flora e assim, sucessivamente, os sete formaram uma roda dentro da Serpentire. Guiados por Flora fizeram o sinal da cruz e rezaram, um Pai-Nosso, uma Ave-Maria e uma oração ao Anjo da Guarda. Emma emendou também a oração de São Miguel Arcanjo.

Assim, pediram a Deus que os iluminasse a tomar a decisão mais acertada para todos, e finalizaram, novamente, com o sinal da cruz, e com um belíssimo e entusiasmado "Amém!!!", em coro. Terminada a oração, Greta abriu a votação, dizendo:

— Bem, iniciemos, então, a nossa votação. Começarei dando o meu voto, lembrando que, considerando que somos sete, não há como dar empate, razão pela qual prefiro votar em "tanto faz", ou seja, se depois do voto de vocês já tivermos um resultado, ok. Caso haja empate, daí me pronunciarei para desempatar, mas somente se for o caso, o que não acredito que será necessário...

— Pôncio Pilatos, Greta!!! — disse Gordon — A torneira é a primeira porta à esquerda...

Gordon ironizou a namorada, que estava se omitindo, deixando de dar sua opinião, ou seja, "lavando as mãos" como fez Pôncio Pilatos que, como interventor e governador da Judéia, tinha o poder de libertar ou não Jesus. Todavia, Pilatos lavou as mãos para fugir à sua responsabilidade, tal qual Greta estava fazendo naquele momento...

Greta não gostou da comparação, apesar de um tanto quanto apropriada, diga-se de passagem, o que desencadeou a primeira discussão do casal...

Enquanto isso, Flora se pronunciou da seguinte maneira:

— Adorei *Verum*, estou superencantada com tudo, mas, pela minha família, voto para voltarmos para a Terra. No entanto, sei que também serei muito feliz se tiver de ficar aqui (talvez até mais feliz…) — pensou ela.

Gordon pediu trégua para Greta e perguntou aos amigos:

— Pessoal, nós não consideramos uma coisa: aqui sequer tem hospital; os verumeanos não ficam doentes, mas nós ficamos, não somos daqui, o que irá acontecer com a nossa saúde?…

Nuno respondeu:

— Aqui não tem doenças, acredito que somente coisas não contagiosas, tais como, diabetes, pressão alta e câncer poderiam acontecer com o nosso organismo que não é daqui, se é que de alguma forma também não vamos ficar protegidos de todas essas coisas ruins também, assim como os verumeanos. Além disso, apesar de não ter hospital, existe aqui ainda muito mais tecnologia do que na Terra; então, não faltariam recursos para qualquer tratamento que eu possa vislumbrar. Outrossim conhecimento e inteligência neste planeta tem de sobra. É capaz de eles descobrirem a cura para todos os males da Terra, se quiserem!!!

Flora, então, pediu que Nuno aproveitasse e já contasse a sua decisão, oportunidade em que ele disse:

— Amo a minha família e sentirei muitas saudades deles, mas quero me casar, ter filhos, constituir uma nova família, no lugar mais saudável e seguro possível e, na Terra, nenhum lugar jamais oferecerá o que *Verum* nos oferece. Livre de maldades, mentiras, doenças (pelo menos das contagiosas, isso se não nos livrarmos de todas elas…). Desde que pisei naquela grama azul senti que poderia ser muito feliz aqui, muito mais do que em qualquer lugar na Terra, e depois que conheci a Kate, então… Quero ficar aqui, com certeza!!!

Miguel falou:

— Faço minhas as palavras de Nuno, alterando apenas a parte da Kate, porque já encontrei a mulher da minha vida, a Emma, é claro. Independentemente do resultado desta votação já é sagrado que ficaremos juntos em qualquer planeta do Universo. Quer na

Terra, quer em *Verum* vamos nos casar e ter nossos filhos, mas prefiro ficar por aqui, com certeza. Só lamento muito por mais uma coisa além da minha família, é claro: o *StarCraft* II, se eu nunca mais puder jogá-lo... — todos riram.

Emma emendou, dizendo:

— Também quero ficar em *Verum*!!! E se o Miguel não puder jogar *StarCraft* II aqui, este planeta é ainda melhor do que eu já estou achando. Vamos evitar muitas brigas. Na Terra eu teria de dividir boa parte do tempo livre dele com esses gosmentos tais de zergs... — todos riram mais ainda.

Nesse momento, faltavam ainda dois votos, o de Gordon e o de Jake; caso os dois votassem para voltar, Greta teria de desempatar, o que não aconteceu.

Jake disse:

— Eu sempre me perguntava se algum dia iria para o espaço, se encontraria alguma coisa por lá, se existiriam outros planetas que ainda não foram descobertos, se conheceria pessoas como os andorianos, os *klingons* e os vulcanos, se haveria algo assim e, finalmente, me perguntava onde e quando encontraria "*The One*", a mulher dos meus sonhos... Agora, realizei meus grandes sonhos: alcançamos o espaço, encontramos *Verum*, conhecemos os verumeanos, e acho que posso ter achado "*The One*"... A Drika!!! Estive *where no man has gone before...*(estive onde o homem jamais esteve...). Estou muito feliz, como nunca estive antes em toda a minha vida, quero ficar e continuar me sentindo assim, como estou agora.

Gordon finalizou, dizendo:

— Ao contrário da Greta "Pilatos" (apesar de o meu voto não fazer a menor diferença para esta votação, uma vez que a decisão da maioria, de ficarmos, já foi tomada por 4 votos), faço questão de deixar consignado o meu voto, que também é o de ficar. E antes que eu apanhe com o macacão pressurizado que está a um palmo da mão da Greta, deixo consignado, também, o meu enorme desejo de ficar com a Greta em qualquer planeta, apesar de ela ser uma "Maria Pipoqueira Pula Pula"... Pulou fora na hora de votar!!!

Greta disse:

— Primeiro, não pulei fora na hora de votar, votei em "tanto faz", e isso também é votar e, segundo, também te amo e, portanto, tanto faz o planeta, o que eu quero é ficar com você, seu gordo encrenqueiro...

Todos riram mais uma vez e Jake disse:

— Então, está decidido, vamos ficar em *Verum*!!! Todos estão felizes e em paz com esta decisão?

E todos, bem alto, e com muita empolgação, inclusive a Flora, disseram juntos que sim.

Antes de saírem para contar a decisão para Aldrok e sua família, Gordon formulou a seguinte questão:

— Estou tranquilo com a Greta, sabemos que, em tese, poderemos ter nossos filhinhos sem problema, mas, com você e a Kate, Nuno, com será? É viável uma gestação entre um terráqueo e uma verumeana ou vice-versa?

Rapidamente, Nuno e Jake responderam que sim, e explicaram que, no caminho da casa de Aldrok até a Serpentire, conversaram sobre isso no *fliegendes Auto* com Derek, que lhes havia explicado tudo sobre o assunto.

Ao que parece, o aparelho reprodutor dos verumeanos é bem semelhante ao dos terráqueos (existem algumas diferenças que Nuno e Jake estão ansiosos para descobrir) e, segundo o estudo feito pelos biólogos de elite, os mais gabaritados pesquisadores do Reino da Sabedoria (e Derek é discípulo de um eles), não haveria razões para a gestação não evoluir tranquilamente, apenas com algumas peculiaridades. Todavia, somente um experimento prático poderia confirmar, efetivamente, a conclusão favorável encontrada.

A principal preocupação seria com relação ao tempo gestacional, porque, enquanto o da terráquea dura 9 meses, o da verumeana leva apenas 3 meses; então, a questão seria como um bebê terráqueo se formaria completamente no ventre de uma verumeana em somente três meses? E, ao contrário, como um bebê verumeano, que em três meses já está prontinho, com seu brilho e tudo, tivesse de ficar dentro da barriga seis meses ainda?

Para a segunda questão, a resposta era simples: feito o ultrassom, e constatado que o feto verumeano estava pronto, fazia-se a cesária, e tudo certo. O problema seria a mãe verumeana entrar em trabalho de parto após três meses e o feto terráqueo (pai terráqueo) não estar completamente formado ainda. Mas havia mecanismos para segurar a gestação até a plena formação do feto, principalmente em *Verum*, mas a natureza é sabia e daria um jeito para fazer as adaptações necessárias para isso acontecer.

Cabe aqui um esclarecimento. Esse estudo foi feito tendo em vista o enorme interesse que os verumeanos sempre tiveram nos terráqueos, desde quando descobriram a nossa existência. Com efeito, certamente não seria diferente na Terra; se descobrissem os verumeanos, fariam milhões de estudos a seu respeito. E, em *Verum*, além de serem mais interessados, são muito mais inteligentes e possuem muito mais recursos para desenvolver pesquisas que, nem de perto, se conseguiria na Terra.

Após a explicação que Jake e Nuno deram para Gordon e para os demais, Gordon disse:

— Safadinhos e rapidinhos, hein?!!! Já estavam com tudo calorosamente planejado... Que bom, fico muito feliz por todos vocês, de verdade!!!

Superados esses pontos, faltava ainda uma grande decisão, e esta não precisaria, necessariamente, ser a mesma para todos.

Como eles iniciariam a vida em *Verum*? Aceitando a casa e o *fliegendes Auto* que Aldrok ofereceu para cada um ou iriam todos eles, ou parte deles, morar com a família de Aldrok?

Gordon, imediatamente, se ajoelhou no chão, segurou nas mãos de Greta e disse:

— Amada Greta, aceita se casar comigo e vir morar na casa, com 2 *fliegendes Autos* na garagem, que Aldrok nos ofereceu? Vejam pelo lado bom, aceitaremos uma casa e dois carros voadores, assim, Aldrok já economizará uma casa...

Greta abraçou o namorado e disse:

— Claro que aceito, meu amor!!!

E Gordon tirou seu anel de aviãozinho do dedo, beijou-o e colocou-o no dedo anular da mão direita de Greta, beijando-a em seguida...

Todos aplaudiram os pombinhos. Miguel e Emma também queriam a mesma coisa: se casar e morar em uma das casas oferecidas por Aldrok. Flora disse que preferia morar na casa da família de Aldrok. Nuno e Jake queriam, em princípio, uma casa para cada um, mas, primeiro, preferiam conversar melhor sobre o assunto com as respectivas pretendentes.

Encerrada a conversa, todos saíram da nave para o anúncio da da decisão à família de Aldrok.

Ao vê-los, Aldrok prontamente perguntou:

— Então, o que vocês decidiram?

Gordon, brincando como sempre, disse:

— Decidimos partir, imediatamente!!! Adoramos *Verum*, mas temos de partir...

O brilho da família Aldrok começou a ficar cinza, porque eles ficaram tristes com a notícia de Gordon, e Kate falou:

— Nossa, Nuno, não acredito que vocês irão partir!!!...

Então, Nuno deu um sorriso discreto, caminhou em direção à Kate, colocou suas mãos no rosto dela e disse:

— É brincadeira do gordo, nós vamos ficar em *Verum*, para sempre...

Kate brilhou azul bem forte, deu um abraço em Nuno, que a segurou com força, levantando-a do chão e o seu brilho foi ficando vermelho cada vez mais intenso.

Nuno ficou superfeliz em ver o brilho vermelho tomando conta do corpo de Kate, pois embora os seus sentimentos não transparecessem, não fossem ostensivamente revelados, ele experimentava a mesma paixão por ela, o que, evidentemente, ela sabia, só que não via, mas podia sentir...Essa experiência estava sendo, no mínimo, mágica e incrível para os dois.

Após a revelação de Nuno, Aldrok e toda a sua família comemorou a notícia. Aldrok, então, perguntou acerca das casas, carros, estudo e emprego para eles e disse que teriam muitas providências para tomar até tudo se estabelecer como deveria ser.

Aldrok relembrou, também, que a primeira providência era o desligamento total e definitivo da Terra...

CAPÍTULO XXII

O Desligamento Definitivo

Assim, Gordon, programou algumas coordenadas, acionou o piloto automático e apertou o dispositivo de autodestruição da Serpentire.

Todos deixaram a nave e, em poucos minutos, ela levantou voo pelo espaço em direção à Terra. Antes disso, Greta deixou uma última mensagem para a torre de controle, na Terra, ou seja, para os irmãos Oliveira.

A mensagem dizia o seguinte: *"Queridos Scotty, Heitor e Nico, infelizmente não existe nada nas coordenadas fornecidas por Scotty. Verificamos o ponto indicado e, ainda nos arriscando, fomos mais adiante, sem sucesso. Lamentamos muito, mas não há outro planeta a ser explorado. Estamos voltando para casa muito felizes por termos conseguido construir a Serpentire e alcançado o espaço, embora ele não seja tudo o que sonhávamos...Até breve!!! Forte abraço da tripulação da BR Serpentire - 0720."*

Heitor que estava no posto, naquele momento, ficou feliz por saber que a tripulação estava viva, bem, e voltando para a Terra, mas ao mesmo tempo triste, pois todos os planos feitos com Scotty e Nico sobre a exploração do planeta foram em vão.

Assim, Heitor voltou para o Palácio das Orquídeas e deu a notícia aos seus irmãos, que não a receberam nada bem.

Scotty, ainda se recuperando da dengue, ficou muito chateado por ter se equivocado, por ter perdido o gosto de apresentar à NASA uma grande descoberta e por todo dinheiro que deixara de ganhar.

Nico não se conformava com o sonho de fazer uma corretagem interplanetária e ficar trilhardário ter ido por água abaixo...

Heitor também se decepcionou por não haver um planeta a ser explorado, mas foi o mais conformado dos três porque, ao menos, se realizou com a construção da Serpentire.

Dali a uns 2 dias, nas coordenadas programadas por Gordon, a Serpentire iria automaticamente se destruir, o que dispararia um alerta vermelho na torre de controle, informando, portanto, a destruição da nave espacial.

Dessa forma, os irmãos Oliveiras pensariam que a Serpentire explodira, pois não teria aguentado o trajeto completo da missão, causando a morte de toda a tripulação.

Feito isso, Aldrok disse:

— Muito obrigado! *Verum* está novamente em segurança. Vamos, agora, cuidar da nova vida de vocês por aqui... Quem vai ficar em casa conosco?

Então, Flora disse:

— Se, de verdade, não for incomodá-los, adoraria morar com vocês...

A família disse que seria um prazer, e todos brilharam bem azul; assim, Flora não teve nenhuma dúvida de que seria muito bem recebida. Todos ficaram felizes, mas Frank, principalmente.

Gordon, Greta, Miguel e Emma contaram suas intenções para Aldrok e Galadriel que as aprovaram prontamente.

— E quanto a vocês, Jake e Nuno, o que preferem? — questionou Galadriel.

Nuno olhou para Kate e respondeu para Galadriel:

— O que a Kate preferir, para mim estará ótimo!

— Então minha filha, o que você acha? — Galadriel perguntou para Kate que, sem titubear disse:

— Prefiro que Nuno venha morar conosco.

— E quanto a você Jake? — indagou Galadriel.

E Jake perguntou para Drika:

— O que você prefere que eu faça?

Drika respondeu:

— Faça o que você achar melhor, mas sugiro que aceite uma casa, desde que seja bem próxima da minha.

— Ok, farei isso, então!!! — disse Jake, claramente satisfeito com a decisão tomada.

— Bem, parece que já está tudo decidido, certo?!!! — disse Aldrok — Vamos às compras e às matrículas. Meu amor, temos 12 crianças para cuidar agora...

— Que benção de Deus!!! — disse Galadriel, brilhando azul intensamente...

CAPÍTULO XXIII

Fazendo Compras em *Verum*

Depois que a Serpentire saiu da vista de todos, partindo sozinha para o espaço rumo à completa autodestruição (pela total segurança de *Verum),* e após tomadas todas as decisões conjunturais, todos partiram para o Reino da Paz para a escolha das novas casas.

Eles se compuseram nos carros voadores da mesma maneira. No *fliegendes Auto* de 7 lugares, pilotado por Gordon, estavam Greta, Galadriel, Aldrok, Flora, Frank e Mike, enquanto no outro *fliegendes Auto* de 7 lugares, pilotado por Drika, estavam Jake, Nuno, Kate, Emma, Miguel e Derek.

Chegando lá, viram muitas casas, no mesmo *quartiere* (bairro – em italiano) da casa da família de Aldrok.

Os terráqueos estavam preocupados com o enorme gasto que a família teria com eles, mas Aldrok explicou-lhes que essa aquisição inicial de casas e carros voadores seria custeado pelo próprio governo do planeta. O *Predsjednik* (presidente - origem bósnia) deu carta branca para Aldrok para acolher os terráqueos com o patrimônio público, atendendo a todas essas necessidades estruturais iniciais.

Cabe aqui mais um esclarecimento sobre *Verum. O Predsjednik* é sempre a pessoa mais idosa do planeta (homem ou mulher). Não há eleição. Quando um *Predsjednik* morre, o planeta já indica o seu sucessor, a pessoa mais velha. Assim, anéis surgem em volta dela, como os anéis de Saturno, nomeando-a administradora geral. Atualmente o *Predsjednik* é o senhor Yago, com 125 anos, que sucedeu à senhora Idália, que faleceu aos 145 anos. Lembrando, mais uma vez, que ninguém morre antes dos 100 anos em *Verum.*

Então, após visitarem diversas casas, Jake escolheu uma a dois quarteirões de distância da casa da família de Aldrok; Gordon e Greta seriam vizinhos na casa em frente à da família de Aldrok; Miguel e Emma se afastaram muito, escolhendo uma casa a 5 quarteirões de distância.

Flora ganharia uma cama voadora no quarto de Kate e Drika, enquanto Nuno teria sua cama voadora no quarto de Frank, Derek e Mike. Elas seriam compradas, oportunamente, no Reino da Felicidade (onde estavam todas as lojas e Shoppings de *Verum*).

Superada a questão das acomodações, Aldrok levou a galera para o Reino da Sabedoria para resolver a questão das faculdades.

Nuno foi submetido a um *vesztibuláris* (palavra em húngaro), um tipo de vestibular da Terra para ingressar na Faculdade de Pesquisas Avançadas, uma vez que, ao contrário da Terra, médico é artigo raro em *Verum*, porque praticamente não há trabalho nesse sentido, razão pela qual nem sequer tem por lá uma faculdade de medicina, propriamente dita.

Os demais escolheram a Faculdade de Engenharia e, igualmente, foram submetidos ao chamado *vesztibuláris.*

Como não podia ser diferente, todos passaram com louvor e conquistaram as vagas almejadas.

Assim, resolvida a questão da moradia e dos estudos, Aldrok levou-os ao Reino da Prosperidade para a procura de empregos.

Nuno conseguiu vaga num centro de pesquisas, onde a maioria de seus colegas de faculdade faziam estágio, inclusive Derek.

Gordon foi contratado na *Dokefliegendes*, uma fábrica de *fliegendes Autos*, ou seja, de carros voadores, que tanto lhe agradaram.

Flora foi contratada pela *GooDreams,* a fábrica das camas (boias voadoras).

Emma, Miguel e Greta foram contratados pela Gigalix, construtora responsável pela obra daquele belíssimo prédio, com 165 andares, medindo 838,14m de altura, que Aldrok os apresentara quando foram conhecer o Reino da Prosperidade. Nesse gigantesco edifício, funcionava a *Blueberry Company*, onde Jake foi contratado para trabalhar com os engenheiros eletrônicos, sendo todo o trabalho voltado para a construção de computadores.

Cumpre esclarecer, que todos foram contratados como estagiários até a formatura nas respectivas faculdades, oportunidade em que seriam efetivados em seus trabalhos.

Terminada a via-sacra no Reino da Prosperidade com Aldrok, Galadriel levou a moçada para o *Beatitudinem Regnum* (Reino da Felicidade), o único que eles ainda não haviam conhecido, para as compras nos *shoppings*. Todos precisariam de um guarda-roupa completo, uma vez que partiram da Terra praticamente sem bagagem.

Assim, passearam pelos shoppings, visitaram inúmeras lojas, conheceram um pouco do Reino da Felicidade, fizeram um lanche e compraram todo o necessário para a garotada.

Eles se divertiram demais. Galadriel, agora, com seus 12 filhos... Estavam todos muito felizes. Aldrok voltou para finalizar suas atividades na escola, no Reino da Sabedoria. Já estava no final da tarde de uma sexta-feira e eles teriam, ainda bem, um final de semana para organizarem tudo antes de pegarem firme nos estudos e nos respectivos estágios. Todos os estudantes da família de Aldrok optaram pelo período da manhã. Frank é formado em pedagogia e é professor de história no colégio Huikururu, onde Aldrok é o Diretor. Derek está no último ano da Faculdade de Pesquisa na qual Nuno irá começar. Assim, Nuno será calouro do veterano Derek, que também faz estágio no Centro Avançado de Pesquisas. Por acaso, naquela sexta-feira, atípica para *Verum*, sobretudo para a família de Aldrok e Galadriel, com a chegada de sete terráqueos no planeta, todos estavam em casa, em pleno horário comercial, e puderam desfrutar de tudo isso com eles. Drika faz faculdade de biologia, estágio em botânica e cuida para a grama do planeta ficar bem azulzinha e convidativa, o que também contribuiu para o encantamento dos terráqueos por *Verum*. Kate faz faculdade de letras e trabalha com todos os idiomas da Terra e com a mistura deles, que originou o verumeanês. Finalmente, Mike ainda está na escola, no período da manhã, no Huikururu, e joga muito video-game na parte da tarde. Seu jogo preferido é *CraftStar* que, pasmem, tem o nome de outras raças, mas com a mesma mecânica do *Starcraft* da *Blizzard*. Os viciados em *Starcraft* vão ficar alucinados e nem vão sentir saudades. Galadriel é pesquisadora, mas quis parar de trabalhar para cuidar de seus filhos, que são a sua vida. Ela deixou de lado, com toda a convicção do mundo, uma carreira muito bem sucedida. Ser mãe é a sua maior felicidade. Galadriel é uma mulher incrível, totalmente dedicada aos filhos e ao marido. Ela sempre diz que não há carreira, posição, promoção, salário, fama, enfim, nada que possa compensar a satisfação de estar com seus filhos. Estar com eles é tudo de melhor e mais importante no Universo, para ela.

Na verdade, isso é, puramente, uma hierarquia de valores e, na valoração de Galadriel, nada é mais importante do que os seus 5 filhos, do que estar com eles e cuidar deles, até dos que já se cuidam sozinhos, lembrando que Frank já tem 24 anos. Com efeito, a satisfação de Galadriel de brincar, conversar, abraçar, beijar e se doar completamente para os seus filhotes é inigualável.

Após as compras das roupas de Jake, Drika levou-o ao teatro no *shopping* enquanto Galadriel continuava com os demais. Com efeito, "por coincidência", naquela sexta-feira os 5 filhos estavam em casa (via de regra, durante a semana, somente Mike e Galadriel estão à tarde em casa, lembrando que a semana é mais curta em *Verum*, tem menos dias úteis do que na Terra) e puderam conhecer, receber e divertir-se com os terráqueos. Apesar de que, agora, terão pela frente a vida inteira com eles.

Os verumeanos que passeavam no *shopping*, olhavam um pouco, estranhavam, ficavam coloridos misturados (confusos), mas não tinham uma reação "bisbilhoteira", irritante, que os terráqueos têm de parar o trânsito para ficar "xeretando" um acidente, por exemplo. Imaginem um verumeano brilhante na Terra! Ô, coitado!!! Mas os terráqueos estavam sendo muito bem tratados, como não poderia ser diferente, tendo em vista a magnífica e benevolente natureza dos verumeanos.

Assim, enquanto Galadriel terminava de fazer as compras com a galera, Jake e Drika estavam no maior chamego no teatro. O brilho vermelho de Drika era tão intenso que parecia uma "hemorragia ambulante". Jake estava se divertindo, e ficou ainda mais animado quando, após um caloroso beijo, viu o brilho que ele mais queria ver e ainda não tinha visto: Drika estava totalmente prateada, parecendo o famoso surfista prateado...

Terminados todos os afazeres no Reino da Felicidade, a turma voltou para a casa de Aldrok e Galadriel onde os 14 sentaram-se à mesa e jantaram todos juntos. Conversaram, brincaram e riram muito. Contaram para Aldrok todos os acontecimentos e experiências vividas no Reino da Felicidade, inclusive sobre o beijo. Jake até pediu para Aldrok se podia namorar a Drika. E o mais legal de tudo foi ver o brilho azul de felicidade de Aldrok com a notícia, absolutamente sincero. Como era agradável a atmosfera de felicidade e harmonia em *Verum*!!! Completamente diferente da Terra...

Gordon contou que estava admirado com a questão da telefonia em *Verum*. Além dos aparelhos ultrassofisticados que pegavam superbem em qualquer lugar, não havia aqueles problemas corriqueiros da Terra, de ficar sendo mal atendido, mais de uma hora ao telefone, pulando igual pipoca, de um setor para outro, sem sucesso. Na Terra ninguém resolve nada, a linha cai a toda hora, "300" números de protocolos de atendimento são gerados, e nada de solução para o problema. Em *Verum* nada disso acontece; primeiro, porque praticamente não há erro nem problema, todavia, quando raramente acontece, tudo é resolvido com a maior eficiência e boa vontade, instantaneamente. Gordon mal podia acreditar no que estava vendo por lá. Todos muito civilizados, o tempo todo. Um sonho, literalmente!!! Greta estava ainda mais encantada com a segurança. Andar sem medo de ser assaltada. Que bênção!!!

Nuno e Miguel estavam alucinados com tanta tecnologia. Flora e Jake estavam adorando o brilho dos verumeanos, estavam achando incrível saber, só de olhar, o sentimento das pessoas. Para Emma, a ausência de doenças e a certeza de que a morte não viria antes dos 100 anos para um verumeano era o que mais lhe agradava. Na verdade, tudo encantava a todos. A bondade que imperava em *Verum,* o ambiente de paz e felicidade era inenarrável, por isso, não puderam deixar tudo isso para trás.

Um tópico que não passou batido naquele jantar (após muitos brindes, comemorando a decisão dos terráqueos de ficarem em *Verum*), durante aquele agradável bate-papo, foi a questão do respeito e da ausência de invasão de privacidade que claramente se observava no planeta. Flora comentou que ficou encantada no passeio ao *shopping,* quando viu um bebezinho verumeano, chorando muito; ele estava verde (com fome ou sede) e cinza (triste), mais verde do que cinza, e uma verumeana bem idosa, totalmente marrom (cansada) passou belo bebezinho e pela mãe, tendo apenas sorrido e seguido o seu caminho.

Na Terra, no Brasil, principalmente, quando uma criança começa a chorar no meio de um *shopping*, por exemplo, independentemente do motivo (até porque só de olhar não dá para saber), muitas vezes, algumas pessoas metidas, sem noção e indelicadas vêm questionar aos pais o porquê do choro da criança. Greta disse:

— Isso é mesmo muito irritante, já vi acontecer.

Flora, então, retrucou:

Vou contar uma história que eu, particularmente, adoro sobre esse assunto; foi lindo!!! Uma mãe e sua filhinha foram passear no *shopping;* a menina viu uma bonequinha na vitrine e a pediu para a mãe, que disse:

— Hoje não minha filha!!!

A menina, fazendo birra por ter sido contrariada, começou a chorar e a gritar:

— Mas eu quero!!! Mas eu quero!!!

De repente, uma senhora passou pela vitrine e viu a menina soluçando de tanto chorar, abaixou, aproximando-se dela, e disse:

— Coitadinha, o que a sua mãe fez para você?!!

Nesse exato instante em que ela acabou de formular a pergunta, antes que a mãe pudesse responder qualquer coisa, a menina deu uma bela cusparada na cara da senhora enxerida...

Por que as pessoas não cuidam da própria vida, em vez de ficar se metendo na vida dos outros? É muito bacana você se "intrometer", desde que tenha sido convidado a fazê-lo. Chegar assim, sem mais nem menos, sem saber do que se trata e já ir questionando, julgando e criticando é lamentável, mas isso é muito mais corriqueiro do que se possa imaginar na Terra, sobretudo no Brasil.

Aldrok complementou, dizendo:

— Quando fiz meu estudo sobre o comportamento dos terráqueos, li coisas que, de fato, me deixaram chocado!!! Existe muito terráqueo bom, mas, certamente, é uma minoria. Vocês realmente são diferentes. Não foi por acaso que Deus permitiu que apenas vocês chagassem até aqui...

E todos responderam em coro:

— Amém!!!

E levantaram novamente as taças para outro brinde.

Terminado o jantar, Galadriel, Drika e Jake foram arrumar a casa de Jake.

Aldrok, Gordon e Greta foram ajeitar a casa de Gordon e Greta.

Emma e Miguel foram organizar a casa nova deles com a ajuda de Derek e Mike, enquanto Nuno, Kate, Flora e Frank posicionavam suas camas voadoras nos respectivos quartos (a cama de Nuno no quarto dos meninos e a de Flora no quarto das meninas) e guardavam suas roupas novas.

Cabe, aqui, contar outra curiosidade sobre *Verum*: todas as roupas são brancas. Isto porque as cores que vemos são as dos sentimentos. Não importa a cor da roupa que a pessoa estiver usando, o que conseguimos ver é o modelo (a camiseta de gola redonda, uma polo ou uma com o decote em V, se a pessoa está de saia, calça ou *short*), mas a cor que sempre se vê é a do brilho do verumeano. Assim, como não se vê a cor da roupa mesmo, não há razão para ficar escolhendo cores e estampas. Dessa forma, somente roupas brancas são vendidas em *Verum*. Flora estava muito curiosa acerca da mistura das cores, porque ela imaginava que deveria funcionar como as cores primárias e secundárias. Assim, se o verumeano estivesse usando uma roupa amarela e ficasse feliz (brilhasse azul) deveríamos enxergar o verde na roupa. Ou seja, pela mistura das cores primárias (azul e amarelo) deveríamos enxergar a cor secundária (verde) formada pela mistura das cores primárias. Flora fez questão de fazer um teste com a Drika, emprestando-lhe sua camiseta azul quando ela estava amarela (apertada para fazer xixi). Drika trocou rapidamente de camiseta com Flora e todos só enxergavam o brilho amarelo (a camiseta azul de Drika via-se amarela). Depois de matar a curiosidade de Flora, Drika foi fazer o seu xixi sossegada... Todos riram muito da insurgência de Flora com aquilo; ela não se conformava com o fato de não enxergar a sua camiseta azul em Drika nem de ver nada verde, ou seja, o resultado da mistura das cores primárias (azul e amarelo). Aldrok explicou para ela que as cores secundárias são as que se formam pela mistura de duas cores primárias, em partes iguais, o que evidentemente Flora, tão inteligente, sabia. Todavia, a informação que Flora não tinha, quantitativamente falando, era acerca da intensidade do brilho, que é muito superior, totalmente desproporcional à cor da roupa, razão pela qual não ocorria nenhuma alteração visual. A própria Flora disse:

— Agora entendi, ficou claríssimo!!! É como se misturássemos uma colher de chá de tinta azul em uma piscina olímpica de tinta amarela, jamais visualizaríamos o verde.

Emma, a mais vaidosa de todas, disse que a única coisa, em *Verum,* que não seria boa para ela seria ter de usar roupa branca todos os dias. Para Flora, isso era absolutamente indiferente e, para Greta, tirando o fato de que a cor clara disfarça menos as gordurinhas (nada como o preto para isso...), não haveria problema nenhum, ao contrário, seria até muito mais rápido e prático para se vestir.

Terminada a primeira etapa da arrumação das coisas nas casas novas e, após um longo dia de muitas ansiedades, tomadas de decisões e várias providências adotadas, todos se recolheram para dormir. Os terráqueos curtiram suas camas voadoras até não poder mais. Deixaram-nas bem infladas e no alto, quase esbarrando no teto.

CAPÍTULO XXIV

A Notícia da Suposta Tragédia

Passados poucos dias, nas coordenadas estipuladas por Gordon, a BR Serpentire – 0720, automaticamente, se autodestruiu.

Nesse momento, uma sirene foi disparada na torre de controle no Planalto Central Brasileiro.

Heitor, que havia montado acampamento na torre de controle, estava dormindo em um saco de dormir quando acordou assustado com a sirene de emergência soando e uma luz vermelha piscando no principal painel de controle.

Ele mal podia acreditar no que estava acontecendo!!! Ficou desesperado, mas não podia fazer nada, não tinha como ajudar seus pupilos, certamente estavam todos mortos. O rádio não gerava mais nenhum sinal. Heitor, imediatamente, voltou para o Palácio das Orquídeas, onde deu a notícia para seus irmãos:

— A Serpentire foi pelos ares, ou melhor, explodiu no espaço, deixou de existir...

— Meu Deus do céu!!! Que tragédia!!! Precisamos informar às famílias — disse Scotty, atordoado com a péssima notícia.

Nico não sabia o que dizer, ficou completamente paralisado.

O senhor Getúlio, o mordomo de cabelos branquinhos, ficou arrasado com a notícia e chorou bastante, condoído pelos jovens que lhe haviam despertado tanto carinho.

Heitor, então, ligou para todas as famílias e foi, portanto, o porta-voz daquela tragédia.

Ele lamentou, profundamente, todas as perdas, ressaltou para as famílias que, incontestavelmente, aquilo fora uma tragédia sem tamanho, mas que ele não tinha nenhuma dúvida de quão felizes eles estavam por terem construído a Serpentire e realizado o maior sonho de todos eles, o de ir para o espaço.

Assim, Heitor lhes enviou as cartas que eles haviam deixado antes de partir, bem como as fotos tiradas na hora do lançamento da nave espacial, as quais deixavam transparecer, claramente, a alegria daqueles jovens.

Com efeito, peço desculpas por deixar de pormenorizar essa parte da história, mas vocês podem imaginar a imensidão de tristeza das famílias de Jake, Flora, Gordon, Nuno, Miguel, Greta e Emma...Um nó tão grande se formou em minha garganta que não consigo mais me aprofundar nessa parte...

CAPÍTULO XXV

Os dias Seguintes de uma Nova Vida

A primeira noite de todos, em *Verum*, foi ótima. Dormiram maravilhosamente bem em suas camas voadoras, como dito anteriormente. Todos estavam muito felizes e seguiram a vida, dando início às novas atividades. Os dias se passaram e todos engrenaram em suas rotinas de estudo e trabalho de maneira excelente.

Gordon e Greta estavam em lua de mel, assim como Emma e Miguel. Eles estavam muito ansiosos para receber a bênção de Deus por meio do sacramento do matrimônio, oficializando, assim, a relação deles perante todos os verumeanos.

Galadriel, como uma verdadeira mãe, melhor do que muitas mães biológicas (de sangue), ajudou a cuidar da perfeita acomodação de todos em seus novos lares, bem como cuidou de todos os preparativos para os casórios.

Galadriel preparou tudo de maneira impecável, não esqueceu nenhum detalhe para o duplo casamento que aconteceria dali a um mês, no mesmo dia e na mesma hora, ou seja, em uma única cerimônia, conforme decidiram os nubentes, Gordon e Greta, e Miguel e Emma.

O vestido branco para Greta e Emma foi escolhido como na Terra, mas a maioria das verumeanas embora colocassem um vestido branco, casavam na verdade de vermelho, ou de azul, dependo do sentimento preponderante no momento. Gordon fez muitas piadas, sobre as cores das noivas verumeanas, com seus colegas da faculdade e da fábrica *Dokefliegendes*, onde estava muito empolgado com seu trabalho e remuneração. Um dia, seu melhor amigo de trabalho, chamado Conan (a quem Gordon sempre chamava de "Bárbaro"), lhe contou que fora a um casamento em que a noiva entrou amarelinha, porque estava com muita vontade de fazer cocô e, como estava um pouco diarreica, ficou com tanto medo de vazar no vestido de noiva que acabou casando branquinha. Foi praticamente a única verumeana que casou de branco mesmo (lembrando que o branco simboliza o sentimento de medo). Gordon adorou essa história que acabou sendo incorporada ao seu repertório. Mas o sonho de se casar de branco das terráqueas, ironicamente, durou pouco...

Podem se acalmar, ninguém brigou e ninguém desistiu do casamento, mas, misteriosamente, após umas três semanas em *Verum*, os sete começaram a brilhar também. A luz deles começou pelos pés e, a cada dia, foi subindo até envolvê-los completamente como todo e qualquer genuíno verumeano. Todos ficaram superfelizes porque aquilo significava muitas coisas. Primeiro, porque seriam iguais a todos do planeta; segundo, porque não ficariam doentes e não morreriam antes dos 100 anos, e não haveria, agora com certeza, nenhum problema gestacional decorrente da mistura entre terráqueos e verumeanos, ou seja, sem preocupações para Jake e Drika, Nuno e Kate, e Frank e Flora, caso resolvessem se casar.

Gordon, que já tinha engordado mais uns 5kg desde que chegara a *Verum* (pois adorava comida, e a de lá, então, ainda conseguiu superar a feijoada repleta de bacon, sem couve e sem laranja, seu prato terráqueo favorito, como vocês muito bem sabem), foi o mais empolgado porque poderia continuar a comer muito, sem nenhum risco.

Flora, que chegava a ser até um pouco hipocondríaca, muito apavorada e impressionada com doenças, sentiu uma liberdade e tanta paz, que mal conseguia conter seu entusiasmo:

— Não ficarei mais doente e não vou morrer com menos de 100 anos, não preciso mais ter medo. Isso é mesmo incrível!!! Um sonho!!!

Assim que Frank viu Flora brilhar, aproveitou o ensejo para perguntar:

— Flora, você está apaixonada por mim, assim como estou por você?

Durante as três semanas que se passaram, os relacionamentos de Nuno e Kate, e de Jake e Drika, se fortaleceram a cada dia; por outro lado, Frank foi ficando cada vez mais apaixonado por Flora, mas ela estava encantada com um veterano da engenharia e passou a ver Frank, cada vez mais, como um grande amigo ou quase um irmão, vale dizer, com o mesmo carinho que tinha por Mike e Derek e todos da família de Aldrok.

Ao fazer a pergunta, Frank ficou branco, com medo da resposta. Flora, sabendo que, agora, não podia mentir nem tentar disfarçar, disse:

— Querido Jake, tenho um imenso carinho por você. Logo que te conheci pensei que iria me apaixonar e que, provavelmente, iríamos namorar, mas as coisas mudaram, conheci Andrew na faculdade e estou apaixonada por ele. Te adoro de coração, tenho um carinho enorme por você, como um irmão. Por favor, me perdoe!!! Logo você encontrará uma verumeana de verdade que te mereça mais do que eu…

Flora falou a mais pura verdade, do fundo de sua alma, e foi ficando levemente cinza, porque ficou triste por Frank, que foi acinzentando de forma gritante a cada palavra de Flora.

Com efeito, Frank sofreu muito no começo, mas depois aceitou bem a situação.

As meninas (Flora, Emma e Greta) apesar de saber o quão natural é a menstruação ficaram acanhadíssimas de pensar em ficar rosa, ostentando para todos os seus ciclos menstruais.

Greta, então, pensou, fez as contas, e disse:

— Que ironia do destino!!! Gordon fez tantas piadas com as cores das noivas, falou até não poder mais da noiva amarelinha do cocô e, agora, vou ser a noiva, rosinha (menstruada), mais linda do planeta. Ele vai ter um ataque quando eu contar…

CAPÍTULO XXVI

Uma Conversa Pré-Nupcial
Surpresa em Família

Assim, os preparativos para o casamento continuaram e, faltando uma semana para o grande dia, oportunidade em que Greta já havia contado para Gordon que entraria rosa na igreja, Aldrok e Galadriel chamaram os sete terráqueos para contar-lhes uma coisa incrível sobre os verumeanos que eles ainda não sabiam. Como o planeta os havia transformado em verumeanos, concedendo-lhes o mesmo brilho, precisariam saber de uma coisa muito interessante que, provavelmente, aconteceria com os noivos. Dessa forma, todos participaram da reunião para receber essa nova e misteriosa informação sobre os verumeanos.

Galadriel começou a explicação, dizendo:

— No momento da cerimônia em que o padre disser que vocês já se tornaram marido e mulher, constituindo uma nova família e que passarão a ser um só corpo e um só espírito, deverá acontecer uma fusão entre vocês, como se um fosse sugado para dentro do outro. Por alguns instantes todos irão enxergar apenas uma silhueta (um corpo) com um brilho de maior amplitude. Nesse momento, ocorrerá a fusão entre o corpo, a alma e o espírito de vocês. A sensação é maravilhosa, inigualável, indescritível e somente dois verumeanos que se amem verdadeiramente poderão vivenciar essa experiência. No momento da fusão ocorre uma leitura de tudo que o outro pensa, sente e já viveu, além de algo que só quem passa por isso pode saber. Esse fenômeno é chamado de *Kompletní Merger* (palavra em tcheco), que significa "fusão completa" e somente acontece uma vez na vida, no altar entre dois verumeanos que se amam verdadeiramente. Em praticamente todos os casamentos a referida fusão acontece, confirmando o verdadeiro amor entre aquele casal.

Aldrok, então, revelou:

— Já fui a um casamento em que a fusão não aconteceu e fiquei sabendo de um outro caso em que também não aconteceu. No casamento em que nós fomos, o casal se separou após alguns anos, de forma totalmente amistosa. Como já contei para vocês, são raríssimos os casos de separação em *Verum* (apenas três casos até hoje) e, esses poucos que aconteceram, foram civilizadamente resolvidos. No outro caso em que não presenciei a ausência da fusão, fiquei sabendo que até hoje estão casados, já faz 20 anos e são muito felizes, pelo que dizem. Todavia, não experimentaram a magnífica experiência do *Kompletní Merger*. Assim, como vocês podem ver, a ausência da fusão completa não quer dizer que o casal estará fadado à separação, bem como a presença do *Kompletní Merger* não significa que aquele casal estará destinado a jamais se separar. Com efeito, como dito anteriormente, temos, em *Verum*, o registro de apenas dois casamentos sem o *Kompletní Merger*, bem como o registro de três casais separados.

Confesso que eu e Galadriel tentamos novamente viver aquilo, mas o fenômeno é único mesmo. Deus só permite que isso ocorra no momento do sacramento, como um presente para aquele casal que se ama verdadeiramente. Nunca mais irá acontecer, por isso aproveitem com toda a alma de vocês. Com efeito, não há nenhum relato dessa experiência ter se repetido com os casais fora do altar.

Aldrok, que andava bem afiado nas piadas, de tanto conviver com Gordon, não perdeu a chance e disse:

— Mas lembrem-se: muito cuidado, são também raríssimos os casos, mas pode acontecer, de a fusão não retroceder e o casal virar um só, fisicamente, para sempre.

Nesse momento, Gordon ficou branco de medo, enquanto Aldrok estava dourado (porque "mentiu"...). Mas logo Gordon percebeu a brincadeira, tendo em vista o dourado de Aldrok e todos começaram a rir...

Flora emendou e disse:

— Mal chegamos aqui e já estamos influenciando negativamente os verumeanos... — comentário feito por causa da "mentira" de Aldrok, prática raríssima em *Verum* — Agora somos como eles, aqui é o nosso planeta e não podemos permitir que nada nem ninguém, muito menos as más influências da Terra, contaminem *Verum*.

Outro fenômeno que ocorria em *Verum* e que eles ainda não sabiam, e foram informados naquela conversa séria que estavam tendo com Aldrok e Galadriel antes do casamento, foi a questão da prévia informação acerca da quantidade de filhos que o casal viria a ter. Assim, Galadriel explicou que, após a fusão completa, pequenos raios saíam do casal em fusão. Para cada filho um raio sairia. Quando o raio indicasse a letra Y significaria que seria um menino, e quando o raio viesse em formato de X, o casal teria uma menina.

Aldrok, então, complementou:

— Após a nossa fusão, primeiro saiu um raio Y (Frank), depois outro Y (Derek), depois um X (Drika), seguido de outro X (Kate) e de outro Y (Mike).

Gordon disse:

— Nossa, então, quanto mais filhos um casal for ter, além do foguetório (um raio explodindo após o outro), vai aumentando o teste sequencial de memória do casal e dos convidados. Uhuuu!!! Todo mundo brincando de Genius no altar!!! — trata-se daquele jogo da Terra, da marca Estrela, que indica uma sequência de cores entre azul, amarelo, verde e vermelho para o jogador decorar.

Todos riram muito de Gordon, para variar...

CAPÍTULO XXVII

Dois Casamentos Extraterrestres

Finalmente, o grande dia chegou e os nubentes estavam tão felizes que mal conseguiam se conter. Greta estava tão, tão, tão feliz que, mesmo menstruada, entrou brilhando azul intenso (uma vez que a cor do sentimento mais forte no momento preponderou).

Os noivos, a família de Aldrok, os amigos estavam todos tão felizes (diametralmente oposto ao que é na Terra, na maioria esmagadora dos casórios), tão azuis, que pareciam estar no meio do oceano. Apenas um pontinho ou outro, amarelo ou verde, aqui ou acolá, "boiavam" naquela imensidão azul (via-se somente um ou outro convidado verumeano na nave da igreja, com mais vontade de ir ao banheiro ou com mais fome, naquele momento, pesando mais do que a felicidade que sentiam pelo casal).

A cerimônia foi incrível. Todos estavam lindos, azuis, mas pareciam todos iguais. Poucos detalhes podiam ser distinguidos entre o brilho intenso daqueles verumeanos. Os véus das noivas eram notáveis, supercompridos. Gordon "deu trabalho" para Greta: pisava na coitada, literalmente, o tempo todo.

Greta entrou com Frank na igreja, que a conduziu até Gordon, e Emma entrou com Aldrok, que a levou até Miguel. Os padrinhos foram todos os irmãos (a família de Aldrok estava toda no altar) com amigos da faculdade ou do trabalho deles. Foram 5 damas de honra e 3 pajens, de quatro a dez anos. Assim, foram três casais com as daminhas carregando pequenos buquês e os pajens jogando pétalas de rosas, enquanto as duas daminhas menores entraram juntas, uma com as alianças de Greta e Gordon e a outra com as alianças de Emma e Miguel. As damas e os pajens foram todos os sobrinhos de Aldrok e Galadriel, sendo a mais velha das meninas e o mais novo dos meninos seus afilhados.

A orquestra que tocou arrepiou a todos. A decoração da igreja estava magnífica. Galadriel, com extremo bom gosto e requinte, organizou tudo, desde a documentação, a cerimônia, a festa até a viagem de lua de mel, atendendo a cada desejo dos noivos.

Finalmente, o padre proferiu as seguintes palavras:

— Assim, eu vos declaro, Gordon e Greta, marido e mulher, e que pelo amor verdadeiro, se tornarão um só corpo e um só espirito, com a graça de Deus Pai...

Nesse momento, o primeiro fenômeno tão esperado, o *Kompletní Merger,* aconteceu...

Gordon e Greta alcançaram a fusão completa, que durou pouco mais de um minuto, num ofuscante brilho único, indescritível para quem o vê, sobretudo para quem o sente.

Em seguida, outro momento tão esperado, a profetização dos filhos que serão concebidos pelo casal...

E, de repente....pufff X, puff X, puff Y e puff X...

Assim, Greta e Gordon teriam quatro filhos (três meninas e um menino).

Na sequência, o padre proferiu as mesmas palavras:

— Assim, eu vos declaro, Miguel e Emma, marido e mulher, e que pelo amor verdadeiro, se tornarão um só corpo e um só espirito, com a graça de Deus Pai...

E, igualmente, a fusão completa aconteceu. Todavia, enquanto o *Kompletní Merger* de Greta e Gordon durara pouco mais de um minuto, tal como a grande maioria dos verumeanos, incluindo

Aldrok e Galadriel nesse tempo, a fusão de Emma e Miguel não acabava, deixando, próximo aos três minutos, Aldrok (que havia feito aquela brincadeira com Gordon) e o padre brilharem branquinhos (já estavam com medo), preocupados porque nunca tinham visto antes uma fusão assim tão prolongada. Somente aos 4 minutos e 40 segundos Emma e Miguel se "desgrudaram", felizes como nunca, tanto quanto Gordon e Greta...

Em ato contínuo, os estouros começaram, também em som mais estrondoso do que o habitual... puff, puff YY (gêmeos), puff, puff XX (gêmeas), puff, puff XX (gêmeas), puff, puff YY (gêmeos), e puff, puff XX (gêmeas)... Lembrem-se de que Miguel tem um irmão gêmeo e, em *Verum*, ter um irmão gêmeo, significa dizer que, necessariamente, seus descendentes serão sempre aos pares, a cada gestação...

Dessa forma, Emma e Miguel terão, então, dez filhos (6 meninas e 4 meninos).

Todos estavam radiantes de felicidade e mais emocionados do que nunca. A cerimônia religiosa acabou e todos foram para a festa nababesca...

Comeram e dançaram muito. A comida estava deliciosa. Os brindes para os casais não cessavam. A felicidade, que já dominava a atmosfera de *Verum*, estava ainda mais intensa do que nunca. Assim, Emma e Miguel, Greta e Gordon, Galadriel e Aldrok, Nuno e Kate, Jake e Drika, Flora e o engenheiro Andrew, Frank e Charlote (nova namorada de Frank e amiga do trabalho de Flora), Derek e Scarlety (atual namorada de Derek e irmã de Charlote), Mike e Bipe, as daminhas e os pajens, o padre, os amigos e todos os verumeanos estavam totalmente protegidos, foram felizes para sempre e FIM...

IMPRESSÃO E ACABAMENTO
YANGRAF
GRÁFICA E EDITORA LTDA.
WWW.YANGRAF.COM.BR
(11) 2095-7722